Ernst Windisch

Iti-Vuttaka

Ernst Windisch

Iti-Vuttaka

ISBN/EAN: 9783337385255

Printed in Europe, USA, Canada, Australia, Japan

Cover: Foto ©Andreas Hilbeck / pixelio.de

More available books at **www.hansebooks.com**

Pali Text Society.

ITI-VUTTAKA.

PUBL…

OXFORD UNIV…

PREFACE.

For this edition of the *Itivuttaka* I have had the use of the following MSS.:

1. Sinhalese—

   C., palm-leaf MS. of the India Office Library.

   D., paper MS. in the possession of Professor Rhys Davids.

   E., paper MS. being a present to me from Mr. Donald Ferguson, Ceylon.

2. Burmese—

   B., palm-leaf MS. of the India Office Library, Phayre Collection.

   M., palm-leaf MS. of the India Office Library, Mandalay Collection.

   P., palm-leaf MS. of the Bibliothèque Nationale at Paris, marked on the cover "A 28 Iti-Vuttaka Pāli, A 29—Aṭṭhakathā. P. Grimblot."

   Pa., a second palm-leaf MS. of the Bibliothèque Nationale.

Of *Dhammapāla's Aṭṭhakathā*, the Commentary to the Itivuttaka, I could only use:

A., a paper MS., "copied for the London Pāli Text Society by Edmund K. Gooneratne. Galle. 1885."

Aa. signifies the quotations from the text in the commentary.

I tried also to collate and transcribe the Paris palm-leaf

MS. mentioned above, under P., which I was allowed to use in the University Library, but the Saxon Government wanted me to send it back after six months. I did not advance very far, the light in the library being too bad.

Though I cannot make out a lineage of the MSS., yet they may be arranged in groups. Nearly every line proves that D. and E. represent one good Sinhalese MS., of which they are modern copies. B. sides with C.: see p. 104, note 11, where both MSS. have *teciraṃ* for *tevidaṃ*, and a great many of other passages, where these two MSS. agree (p. 16, note 2; p. 19, note 11; p. 20, note 13; p. 24, note 11; p. 31, notes 15 and 21; p. 110, note 13; p. 112, note 7); in sutta 99 only those two MSS. contain the spurious first gāthā. But what is of more importance is, that several faults of the Sinhalese MS. C. point to a Burmese source: *ārāmayanti* for *ārādhayanti*, p. 111, note 18; *bhikkhamānassa* for *sikkh°*, p. 104, note 7; *te* for *vo*, p. 80, note 10, and p. 111, note 5; *ro* for *yo*, p. 86, note 8. *Dh* and *m*, *bh* and *s*, *te* and *vo*, are very much alike in the Burmese alphabet, and also *r* for *y* seems to be originally a peculiarity of the Burmese MSS. In the same way the Sinhalese MSS. D. and E. and the Burmese MS. M. have in common the nonsensical *bhesmā* (for *tasmā*), p. 86, note 15. This substitution of *bhe* for *ta* can be explained satisfactorily from the shape of the Burmese letters. P. and Pa. may be ranged together on account of some particular readings: see p. 4, note 2; p. 18, notes 5 and 10; p. 56, note 1; p. 62, note 5; p. 74, note 5; p. 94, note 2; p. 103, note 6; p. 107, note 8. But, on the other hand, there are certain readings which only Pa. and C. have in common: see p. 52, note 1; p. 54, note 1; p. 62, note 5; p. 77, note 1; especially p. 61, note 14, where the same piece of text is inserted in the wrong place in both MSS.!

The main purpose of those remarks is to show that I had no right to prefer the Sinhalese to the Burmese MSS. Even Sinhalese MSS. may have been copied from, or influenced by, Burmese MSS.

The best MS. I could use is M. It is beautifully written,

and is often the only one which gives the correct reading: see p. 4, note 5; p. 11, note 9; p. 27, note 10; p. 31, note 10; p. 35, note 11; p. 70, note 1; p. 96, note 2; p. 104, note 14; p. 108, note 5; p. 113, note 12; p. 121, note 12. M. is also especially careful in putting correctly the long ī and the anusvāra. Before I received M., the agreement of all other MSS. nearly seemed to me to be in favour of forms with short *i*, and of forms without anusvāra. But a single new MS. may overthrow such theories, and therefore I do not believe in nominatives of plural like *upadhi* (p. 69, note 4), *aggi* (p. 92, note 5), or in nominatives of singular like *anātāpi* (p. 115, note 19), or in accusatives of singular like *mahesi*, *muni* (p. 32, note 22 and note 26; p. 40, note 8), or in first persons of singular like *ahosi* (p. 15, note 8), etc. Childers quotes *āyatiṃ* and *āyati* as adverbs, meaning "in future," but the latter form may only be a fault of the MSS.: p. 94, note 9, all MSS. except M. omit the anusvāra; p. 115, note 4 even M. omits it. Besides clerical errors, there are only very few other cases in which I did not follow M.: see p. 73, note 7, where *saṃharāni* is a doubtful form (but my "*saṅga-hāni*" is also rather doubtful!); p. 76, note 17, where *anumodenti*[1] does not agree with the *anumodataṃ* of the first gāthā; p. 80, note 7, where the passive *pamuccanti* does not suit the sense; see also p. 110, note 8; p. 37, note 1.

Though the MSS. sometimes differ in single words, yet it is impossible to establish different recensions.

The commentary often mentions various readings, even such which did not appear in my MSS. (*e.g.*, p. 30, note 5 and 8), but I did not always take the same choice (*e.g.*, p. 23, note 3), my confidence in the commentary being shaken by the absurd *hāsapaññānaṃ*, p. 36, note 1, which the commentator tries to explain. Nevertheless the commentary was a great help to me, even in the very bad MS. which alone was at my disposal most of the time. I may add here,

[1] A. prefers *anumodenti*, but mentions *anumodanti* as the reading of "*keci*."

that I could only conclude from the explanatory remarks, that the reading which the commentary approves of, p. 86, line 5, is *pamāṇaṃ-anuciṇṇo.*

There are marks of a certain unity of tradition. Up to sutta 50 the stereotype formulas of each sutta (*Vuttaṃ hetaṃ*, etc.), are in all MSS. The first omissions of them occur in suttas 50 and 51. Then there are occasional omissions generally in all MSS. except M.; see suttas 59, 61, 67, 69. In suttas 70–76 the formulas are again in all MSS.; in suttas 77–80 they are only in M. From sutta 80, the beginning of the fourth vagga of the Tikanipāta, there is a certain rule: M. has the formulas in the first and in the last sutta of each vagga, the other MSS. omit them everywhere. In the final sutta 112, they are again in all MSS.

The numerous repetitions are nearly everywhere given in full in all MSS., only in the one sutta 99 there is the same peyyāla in all MSS.[1] Other intentional omissions are only sporadic; see suttas 74 and 111.

Corruptions common to all MSS. are very rare. There is one, perhaps, in the uddāna, p. 31; see note 5. There would be two more in suttas 27 and 47, if I am right to assume interpolations in the gāthās; see p. 22, note 1; and p. 42, note 5. All MSS. except the commentary have the same wrong addition, p. 110, note 3. Other faults or peculiarities appear at least in a plurality of MSS.; see p. 36, note 1; p. 70, note 1; p. 96, note 2; p. 110, note 3; see also p. 3, note 1 (two suttas change place); and p. 106, note 11 (two phrases change place). It is very curious that in sutta 112 nearly all MSS. (and also the text of the Aṅguttara-Nikāya!) have the same evident fault—*abhisambuddho*, instead of *abhisambuddhā*, see p. 121, note 10. And how is to be explained that in sutta 109 the same

---

[1] I regret not to have filled up this peyyāla; the printed editions ought to fill up all such omissions, for the solemn repetitions of the same words add greatly to the impressiveness of the text.

absurd *pakāsi* instead of *sahāpi* appears in C. and M., with *mahāsipi*, a corruption of apparently the same origin, in B?

Especially rarer words or forms were easily open to corruption; see p. 80, note 8; p. 89, note 8; p. 122, note 8. I am not sure whether *siṅgī* in sutta 108, and *-samuddaye* in sutta 22, are corrupt forms. For *abhāsiya*, in suttas 70 and 71, with short *a* in all MSS., I proposed *pabhāsiya*, but *ābhāsiya* would be a better correction, initial *a* for initial *ā* being a common fault in Burmese and Sinhalese MSS. And, again, in sutta 27 all MSS. have the singular form *anupariyagā*, where I regret not to have introduced my conjecture "*anupariyagum*" into the text. On the other hand, I regret to have introduced into the text the *pahantrāna* of some MSS., *pahatrāna* (from *pajahati*) being the correct form. The *anukkati*, p. 22, I do not understand.

Of course the worth of the various readings can only be appreciated by those who know the original alphabets. I have not printed more clerical errors of the MSS., not all instances where the length of the *i* or *u* was not marked, the anusvāra omitted, not all instances, where *n* is put for *ṇ*, or *ṇ* for *n*, where the Burmese MSS. put *ṭh* for *ṭṭh*, *jjh* for initial *jh*, etc. In the Burmese alphabet initial *a* and *bha*, *bha* and *sa*, *ya* and *ha*, *ta* and *tha*, *ka* and *ṇa*, *pa* and *ma*, *ma* and *dha*, *gu* and *ru*, *ka* and *gā*, *ta* and *rā*, are very much alike; in the Sinhalese alphabet *na* and *ta*, *ya* and *sa* and *ṅka*, *ga* and *bha* and *ha*, *ddha* and *cca*, etc.

Other faults seem to have their cause rather in a neglect of pronunciation: in Burmese MSS. *th* for *ṭh* (*pathamā*), *c* for *j* (*bhuñceyyum*), *dd* for *ddh* (*saddam*), *jj* for *jjh* (*ajjagā*); in Sinhalese MSS. *l* for *ḷ* (*ajelakā*),[1] and vice versa (*pāḷenti*), etc. When I saw the corruptions of the MS. of the commentary I often thought that it was written after dictate by a scribe who had only a superficial knowledge of the language or did not care for what he wrote.

In some minor points I am guilty of inconsequence,

[1] See the corruptions of *nīḷam*, p. 87, note 6.

owing to the inconstancy of the MSS.: see *saṃyojanaṃ* and *saññamassa*, *saṃgho* and *saṅkhāra*, *tamhā* and (sanscritised) *tasmā*, etc.

In sutta 17 M. has the *na* before *samanupassāmi*; in sutta 22 M. has *caturanto*, with short *a*. Page 26, line 4, read *ca* instead of *vā*, as in suttas 65 and 83.

Regarding the metre I want only to observe that the irregular number of syllables is sometimes the result of turning a regular verse into its opposite: see sutta 18, where *kappaṃ nirayamhi paccati* is an imitation of *kappaṃ saggamhi modati* in sutta 119; in the same way *nirayaṃ so upapajjati* in suttas 64 and 70 goes with *saggaṃ so upapajjati* in suttas 65 and 71.

My thanks for MSS. are due to Dr. Rost, of the India Office Library, to Professor Rhys Davids, to the Director of the Bibliothèque Nationale, at Paris, and to Mr. Donald Ferguson.

E. WINDISCH.

Itivuttakaṃ.

NAMO TASSA BHAGAVATO ARAHATO SAMMĀSAMBUDDHASSA.

[Ekanipāto]

1. (Ek. I. 1) Vuttaṃ hetaṃ bhagavatā vuttam-arahatā ti me sutaṃ: Ekadhammaṃ[1] bhikkhave pajahatha.[2] Ahaṃ vo pāṭibhogo[3] anāgāmitāya. Katamaṃ ekadhammaṃ? **Lobhaṃ** bhikkhave ekadhammaṃ pajahatha. Ahaṃ vo pāṭibhogo anāgāmitāyā-ti. Etam-atthaṃ bhagavā avoca, tatthetaṃ iti vuccati:

Yena lobhena luddhāse
sattā gacchanti duggatiṃ |
taṃ lobhaṃ sammad-aññāya
pajahanti vipassino |
pahāya na punāyanti
imaṃ lokaṃ kudācanan-ti

Ayam-pi attho vutto bhagavatā iti me sutan-ti || 1 ||

2. (Ek. I. 2) Vuttaṃ hetaṃ bhagavatā vuttam-arahatā ti me sutaṃ: Ekadhammaṃ bhikkhave pajahatha. Ahaṃ vo pāṭibhogo anāgāmitāya. Katamaṃ ekadhammaṃ? **Dosaṃ**[4] bhikkhave ekadhammaṃ pajahatha. Ahaṃ

---

[1] *For* ekadh° *here and in the following suttas the MSS. have sometimes* ekaṃ dh°, *but the nom.* Ekadhammo *in sutt.* 18 *and* 19 *proves that it is a compound.*

[2] pajahata B. *here and in the following suttas.*

[3] pāṭibhogo ti paṭibhū, A.

[4] *Not skr.* dosha, *but skr.* dvesha: dosan-ti anattham-me acarīti āghāto jāyatīti, etc., A.

vo pāṭibhogo anāgāmitāyā-ti. Etam-atthaṃ bhagavā avoca, tatthetaṃ iti vuccati:

Yena dosena duṭṭhāse
sattā gacchanti duggatiṃ |
taṃ dosaṃ sammad-aññāya
pajahanti vipassino |
pahāya na punāyanti
imaṃ lokaṃ kudācanan-ti ||

Ayam-pi attho vutto bhagavatā iti me sutan-ti || 2 ||

3. (Ek. I. 3) Vuttaṃ hetaṃ bhagavatā vuttam-arahatā ti me sutaṃ: Ekadhammaṃ bhikkhave pajahatha. Ahaṃ vo pāṭibhogo anāgāmitāya. Katamaṃ ekadhammaṃ? M o h a ṃ bhikkhave ekadhammaṃ pajahatha. Ahaṃ vo pāṭibhogo anāgāmitāyā-ti. Etam-atthaṃ bhagavā avoca, tatthetaṃ iti vuccati:

Yena mohena mūḷhāse
sattā gacchanti duggatiṃ |
taṃ mohaṃ sammad-aññāya
pajahanti vipassino |
pahāya na punāyanti
imaṃ lokaṃ kudācanan-ti ||

Ayam-pi attho vutto bhagavatā iti me sutan-ti || 3 ||

4. (Ek. I. 4) Vuttaṃ hetaṃ bhagavatā vuttam-arahatā ti me sutaṃ: Ekadhammaṃ bhikkhave pajahatha. Ahaṃ vo pāṭibhogo anāgāmitāya. Katamaṃ ekadhammaṃ? K o d h a ṃ bhikkhave ekadhammaṃ pajahatha. Ahaṃ vo pāṭibhogo anāgāmitāyā-ti. Etam-atthaṃ bhagavā avoca, tatthetaṃ iti vuccati:

Yena kodhena kuddhāse
sattā gacchanti duggatiṃ |
taṃ kodhaṃ sammad-aññāya
pajahanti vipassino |
pahāya na punāyanti
imaṃ lokaṃ kudācanan-ti ||

Ayam-pi attho vutto bhagavatā iti me sutan-ti || 4 ||

5. (Ek. I. 5) Vuttaṃ hetaṃ bhagavatā vuttam-arahatā ti me sutaṃ. Ekadhammaṃ bhikkhave pajahatha. Ahaṃ vo pāṭibhogo anāgāmitāya. Katamaṃ ekadhammaṃ? M a k k h a ṃ[1] bhikkhave ekadhammaṃ pajahatha. Ahaṃ vo pāṭibhogo anāgāmitāyā-ti. Etam-atthaṃ bhagavā avoca, tatthetaṃ iti vuccati:

Yena makkhena makkhāse
sattā gacchanti duggatiṃ |
taṃ makkhaṃ sammad-aññāya
pajahanti vipassino |
pahāya na punāyanti
imaṃ lokaṃ kudācanan-ti ||

Ayam-pi attho vutto bhagavatā iti me sutan-ti 5

6. (Ek. I. 6) Vuttaṃ hetaṃ bhagavatā vuttam-arahatā ti me sutaṃ. Ekadhammaṃ bhikkhave pajahatha. Ahaṃ vo pāṭibhogo anāgāmitāya. Katamaṃ ekadhammaṃ? M ā n a ṃ bhikkhave ekadhammaṃ pajahatha. Ahaṃ vo pāṭibhogo anāgāmitāyā-ti. Etam-atthaṃ bhagavā avoca, tatthetaṃ iti vuccati:

Yena mānena mattāse
sattā gacchanti duggatiṃ |
taṃ mānaṃ sammad-aññāya
pajahanti vipassino |
pahāya na punāyanti
imaṃ lokaṃ kudācanan-ti ||

Ayam-pi attho vutto bhagavatā iti me sutan-ti 6

7. (Ek. I. 7) Vuttaṃ hetaṃ bhagavatā vuttam-arahatā ti me sutaṃ. S a b b a ṃ[2] bhikkhave anabhijānaṃ aparijānaṃ tattha cittaṃ avirājayaṃ appajahaṃ abhabbo dukkhakkhayāya. Sabbañca kho bhikkhave abhijānaṃ pari-

---

[1] C. D. E. P. Pa. *have the* māna-*suttaṃ before the* makkha-*suttaṃ. I follow* B. M. *and* A.; *see also the Uddāna after sutt.* 10. [2] sabbampi, B.

jānaṃ tattha cittaṃ virājayaṃ pajahaṃ bhabbo[1] dukkhakkhayāyā-ti. Etam-atthaṃ bhagavā avoca, tatthetaṃ iti vuccati:

Yo sabbaṃ sabbato ñatvā
sabbatthesu[2] na[3] rajjati[4] |
sa ve[5] sabbaṃ[6] pariññā[7] so[7]
sabbadukkhaṃ[8] upaccagā[9] ti ||

Ayam-pi attho vutto bhagavatā iti me sutan-ti || 7 ||

8. (Ek. I. 8) Vuttaṃ hetaṃ bhagavatā vuttam-arahatā ti me sutaṃ. M ā n a ṃ bhikkhave anabhijānaṃ aparijānaṃ tattha cittaṃ avirājayaṃ appajahaṃ abhabbo dukkhakkhayāya. Mānañca kho bhikkhave abhijānaṃ parijānaṃ tattha cittaṃ virājayaṃ pajahaṃ bhabbo dukkhakkhayāyā-ti. Etam-atthaṃ bhagavā avoca, tatthetaṃ iti vuccati:

Mānupetā ayaṃ pajā
mānaganthā[10] bhave[11] ratā |
mānaṃ aparijānantā[12]
āgantāro[13] punabbhavaṃ ||

---

[1] abhabbo, C. [2] sabbasattesu, P. Pa. [3] na puna, B.
[4] sajjati, E., *corrected into* rajjati, D.
[5] save, M.; sace, B. C. P. Pa.; sabbe, D. E., *the explanation of the Comm.* (byattaṃ, ekaṃsena) *is also in favour of* ve (*the preceding* sa *is* nipātamattaṃ).
[6] sabbaṃ, B. C. P. Pa.; sabba, M. D. E., *but in* D. *corrected into* sabbaṃ.
[7] pariññā so B. M. Pa.; pariññāyo, C.; pariññāto, D. E.; *A. has:* sabba pariññā ti sabbaṃ (*sic!*) parijānanato yathāvuttassa sabbassa pariññābhisamayavasena parijānanato so hi (*sic!*) yathāvutto yogāvacaro ariyo.
[8] °dukkham-up°, M. [9] upajjhagā, C. P. Pa.
[10] °ganthā, C. D. E. M.; °gaṇṭhā, P. Pa.; °khandhā, B.
[11] bhāve, B. [12] mānaṃ na parijānanti, P. Pa.
[13] āgantāro, D. E. M.; aganthāro, C.; agandhāro, P. Pa.; āgantvāyo, B.

Yo ca mānaṃ pahatvāna[1]
vimuttā mānasaṅkhaye[2] |
te mānaganthābhibhūno[3]
sabbadukkhaṃ[4] upaccagun-ti[5] |
Ayam-pi attho vutto bhagavatā iti me sutan-ti. 8

9. (Ek. I. 9) Vuttaṃ hetaṃ bhagavatā vuttam-arahatā ti me sutaṃ. L o b h a ṃ bhikkhave anabhijānaṃ aparijānaṃ tattha cittaṃ avirājayaṃ appajahaṃ abhabbo dukkhakkhayāya. Lobhañca kho bhikkhave abhijānaṃ parijānaṃ tattha cittaṃ virājayaṃ pajahaṃ bhabbo dukkhakkhayāyā-ti. Etam-atthaṃ bhagavā avoca, tatthetaṃ iti vuccati:

Yena lobhena luddhāse
sattā gacchanti duggatiṃ |
taṃ lobhaṃ sammad-aññāya
pajahanti vipassino |
pahāya na punāyanti
imaṃ lokaṃ kudācanan-ti ||
Ayam-pi attho vutto bhagavatā iti me sutan-ti 9

10. (Ek. I. 10) Vuttaṃ hetaṃ bhagavatā vuttam-arahatā ti me sutaṃ. D o s a ṃ bhikkhave anabhijānaṃ aparijānaṃ tattha cittaṃ avirājayaṃ appajahaṃ abhabbo dukkhakkhayāya. Dosañca kho bhikkhave abhijānaṃ parijānaṃ tattha cittaṃ virājayaṃ pajahaṃ bhabbo dukkhakkhayāyā-ti. Etam-atthaṃ bhagavā avoca, tatthetaṃ iti vuccati:

---

[1] pahatvāna, D. E.; pahantvāna, B.; pahantāna, M.; pahantānaṃ, C. Pa. A. (*explanation of the Comm.*: pajahitvā).

[2] °saṃya D. E., *but in* D. *corrected into* °saṃkhaye, manusaṃkhaye, C.

[3] °gantābhibhuno, M.; °gandhābhibhūno, C. P. Pa.; °bhuno ca, B.; °kkhandhābhibhūto so D. E., *but in* D. *corrected into* °bhūtā, *without* so.

[4] °dukkham-up°, M.

[5] upajjhagā, C. P. Pa.

Yena dosena duṭṭhāse
sattā gacchanti duggatiṃ |
taṃ dosaṃ sammad-aññāya
pajahanti vipassino |
pahāya na punāyanti
imaṃ lokaṃ kudācanan-ti ||
Ayam-pi attho vutto bhagavatā iti me sutan-ti || 10 ||

Pāṭibhogavaggo paṭhamo.

Tass[1]-uddānaṃ[1]:

Rāga (1) -dosā (2) atha moho (3)
kodha[2] (4) -makkha[3] (5) -mānaṃ[3] (6) sabbaṃ (7) |
mānato (8) rāga (9) -dosā[4] (10) puna dve
pakāsitā vaggam-āhu paṭhaman-ti |

11. (Ek. II. 1) Vuttaṃ hetaṃ bhagavatā vuttam-arahatā ti me sutaṃ. M o h a ṃ bhikkhave anabhijānaṃ aparijānaṃ tattha cittaṃ avirājayaṃ appajahaṃ abhabbo dukkhakkhayāya. Mohañca kho[5] bhikkhave abhijānaṃ parijānaṃ tattha cittaṃ virājayaṃ pajahaṃ bhabbo dukkhakkhayāyā-ti. Etam-atthaṃ bhagavā avoca, tatthetaṃ iti vuccati:

Yena mohena mūḷhāse
sattā gacchanti duggatiṃ[6] |
taṃ mohaṃ sammad-aññāya
pajahanti vipassino |

---

[1] *Only in* M., *but* M. *has always* udānaṃ. *The best text of this uddāna is in* M.

[2] kodha, M.; kujjhanaṃ, B. C.; kujjhānaṃ, D. E.; kujjha, P. Pa.

[3] makkhaṃ mānaṃ, C.; mānamakkha, D. E.; °makhā, P. Pa.

[4] °dosa. B. C. M. P. Pa.

[5] kho *om.* D. E. Pa. (*in* P *added under the line*).

[6] duggati, P. Pa.

pahāya na punāyanti
imaṃ lokaṃ kudācanan-ti |
Ayam-pi attho vutto bhagavatā iti[1] me sutan-ti | 1 |

12. (Ek. II. 2) Vuttaṃ hetaṃ bhagavatā vuttam-arahatā ti me sutaṃ. K o d h a ṃ bhikkhave anabhijānaṃ aparijānaṃ tattha cittaṃ avirājayaṃ appajahaṃ abhabbo dukkhakkhayāya. Kodhañca kho bhikkhave abhijānaṃ parijānaṃ tattha cittaṃ virājayaṃ pajaham bhabbo dukkhakkhayāyā-ti. Etam-atthaṃ bhagavā avoca, tatthetaṃ iti vuccati :

Yena kodhena kuddhāse
sattā gacchanti duggatiṃ[2] |
taṃ kodhaṃ sammad-aññāya
pajahanti vipassino |
pahāya na punāyanti
imaṃ lokaṃ kudācanan-ti |
Ayam-pi attho vutto bhagavatā iti me sutan-ti | 2

13. (Ek. II. 3) Vuttaṃ hetaṃ bhagavatā vuttam-arahatā ti me sutaṃ. M a k k h a ṃ bhikkhave anabhijānaṃ aparijānaṃ tattha cittaṃ avirājayaṃ appajahaṃ abhabbo dukkhakkhayāya. Makkhañca kho bhikkhave abhijānaṃ parijānaṃ tattha cittaṃ virājayaṃ pajahaṃ bhabbo dukkhakkhayāyā-ti. Etam-atthaṃ bhagavā avoca, tatthetaṃ iti vuccati :

Yena makkhena makkhāse
sattā gacchanti duggatiṃ[3] |
taṃ makkhaṃ sammad-aññāya
pajahanti vipassino |
pahāya na punāyanti
imaṃ lokaṃ kudācanan-ti
Ayam-pi attho vutto bhagavatā iti me sutan-ti | 3

14. (Ek. II. 4) Vuttaṃ hetaṃ bhagavatā vuttam-ara-

---

[1] ti, B. [2] duggati, Pa. [3] duggati, P. Pa.

hatā ti me sutaṃ. Nāhaṃ bhikkhave aññaṃ ekanīvaraṇam[1]-pi samanupassāmi yena nīvaraṇena[2] nivutā pajā dīgharattaṃ sandhāvanti saṃsaranti yathayidaṃ[3] bhikkhave a v i j j ā nīvaraṇaṃ.[4] Avijjānīvaraṇena[5] hi[6] bhikkhave nivutā pajā dīgharattaṃ sandhāvanti saṃsarantīti. Etam-atthaṃ bhagavā avoca, tatthetaṃ iti vuccati:

> Natth-añño ekadhammo pi[7]
> yeneva nivutā pajā |
> saṃsaranti ahorattaṃ
> yathā[8] mohena āvutā[9]
>
> Ye ca mohaṃ pahatvāna[10]
> tamokhandhaṃ[11] padālayuṃ |
> na te puna saṃsaranti
> hetu[12] tesaṃ na vijjatīti ||

Ayam-pi attho vutto bhagavatā iti me sutan-ti 4

15. (Ek. II. 5) Vuttaṃ hetaṃ bhagavatā vuttam-arahatā ti me sutaṃ. Nāhaṃ bhikkhave aññaṃ[13] ekasaṃyojanam[14]-pi samanupassāmi yeneva[15] saṃyojanena[16] saṃyuttā[17] sattā dīgharattaṃ sandhāvanti saṃsaranti yathayidaṃ[18] bhikkhave t a ṇ h ā saṃyojanaṃ.[14] Taṇhāsaṃyojanena hi bhikkhave saṃyuttā sattā dīgharattaṃ sandhāvanti saṃsarantīti. Etam-atthaṃ bhagavā avoca, tatthetaṃ iti vuccati.[19]

---

[1] ekaniv°, B. Pa. [2] niv°, B. Pa. [3] yathāyidam, B. P. Pa. [4] °niv°, B. P. Pa. [5] °niv°, B. Pa. [6] hi *om.* D. E. [7] ca, D. E. [8] sadā, D. E. [9] āvuṭā, P. Pa. [10] pahatvāna, D. E.; pahantvāna, B. C.; pahantāna, M.; pahantānaṃ, P.; pahanantāna, Pa. [11] tamokkh°, M.; tamokkhandhā, C. [12] hetu mūlakāraṇā avijjā tesaṃ na vijjati sabbaso natthi samucchinnattā ti, A. [13] aññaṃ, *om.* B. [14] °saññojanaṃ, B. M. [15] yena, M. [16] saññoj°, B. M. [17] saṃvuttā, *one* t *cancelled*, D. E. [18] yathāyidaṃ, B. C. P. Pa. [19] Etam° *only in* M.

Taṇhādutiyo[1] puriso
dīgham-addhānaṃ saṃsaraṃ |
itthabhāvaññathābhāvaṃ[2]
saṃsāraṃ nātivattati[3] ||

Evam[4]-ādīnavaṃ ñatvā[5]
taṇhādukkhassa sambhavaṃ |
vītataṇho anādāno
sato bhikkhu paribbaje ti[6]

Ayam-pi attho vutto bhagavatā iti me sutan-ti[7]

16. (Ek. II. 6) Vuttaṃ hetaṃ bhagavatā vuttam-arahatā ti me sutaṃ.[8] S e k h a s s a[9] bhikkhave bhikkhuno appattamānasassa[10] anuttaraṃ yogakkhemaṃ patthayamānassa viharato ajjhattikaṃ aṅgan-ti karitvā[11] na aññaṃ ekaṅgam-pi samanupassāmi evaṃ bahūpakāraṃ[12] yathayidaṃ[13] bhikkhave y o n i s o m a n a s i k ā r o. Yoniso bhikkhave bhikkhu manasi[14] karonto akusalaṃ pajahati kusalaṃ bhāveti ti. Etam-atthaṃ bhagavā avoca, tatthetaṃ iti vuccati.[15]

---

[1] taṇhādutiyo taṇhāsahāyo (*in the MS.* sahāro), A.

[2] itthabhāva°, B. D. E. M. P. Pa. (*in* D. *corrected to* itthaṃbhāva°), itthibhāva°, C. A. (tattha itthibhāvo manussattaṃ aññathābhāvo tato avasiṭṭhasattāvāsā, etc.).

[3] nātivattati na atikkamati, A.

[4] evam, C. M. P. Pa. A.; etam, B. D. E. [5] disvā, C. P. Pa.

[6] *The same gāthās reoccur sutt.* 105.

[7] Ayam° *only in* M.

[8] Vuttaṃ° *only in* M. [9] sekkhassa, C. D. E.

[10] appatta°, B D. E. P. M. Aa. ; asampatta°, Pa. ; asampattamānassa, C. ; appatta-arahattassā - ti, A., *for this meaning of* mānasa *quoting a gāthā which occurs Dhammap. p.* 253 (*s. Childers, Dict. s. v.* sekho).

[11] attano santāne samuṭṭhitaṃ karaṇan-ti katvā, A.

[12] bahukāraṃ, C. [13] yathāyidaṃ B. ; yathāidaṃ, D.

[14] *From* manasi *unto* khajjaṃ *a whole line om. in* C.

[15] Etam° *only in* M.

Yoniso manasikāro
dhammo sekhassa[1] bhikkhuno |
natth-añño evaṃ bahūpakāro[2]
uttamatthassa pattiyā |
yoniso padahaṃ[3] bhikkhu[4]
khayaṃ dukkhassa pāpuṇe ti[5]
Ayam-pi attho vutto bhagavatā iti me sutan-ti[6] 6

17. (Ek. II. 7) Vuttaṃ hetaṃ bhagavatā vuttam-arahatā ti me sutaṃ.[7] *Sekhassa*[8] bhikkhave bhikkhuno appattamānasassa anuttaraṃ yogakkhemaṃ patthayamānassa viharato bāhiraṃ aṅgan-ti karitvā na aññaṃ ekaṅgam-pi samanupassāmi evaṃ bahūpakāraṃ yathayidaṃ[9] bhikkhave *kalyāṇamittatā*.[10] Kalyāṇamitto bhikkhave bhikkhu akusalaṃ pajahati kusalaṃ bhāvetīti.[11] Etam-atthaṃ bhagavā avoca, tatthetaṃ iti vuccati.[12]

Kalyāṇamitto yo bhikkhu
sappatisso[13] sagāravo |
karaṃ[14] mittānaṃ[14] vacanaṃ
sampajāno patissato[15] |
pāpuṇe anupubbena
sabbasaṃyojanakkhayan-ti ||
Ayam-pi attho vutto bhagavatā iti me sutan-ti[16] 7

18. (Ek. II. 8) Vuttaṃ hetaṃ bhagavatā vuttam-arahatā ti me sutaṃ.[17] Ekadhammo bhikkhave loke uppajja-

---

[1] dh° yassa s°, B.; dh° sekkhassa, D. E.
[2] bahukāro, M. [3] pajahaṃ, D. E.
[4] bhikkhū, E.; bhikkhave, D.
[5] pāpunoti, E.; °nāti, D. [6] Ayam° *only in* M.
[7] Vuttaṃ° *only in* M. [8] sekkhassa, C. D. E.
[9] yathāyidaṃ, B. Pa. [10] °mittaṃ, P. Pa.
[11] bhāveti, B. [12] Etam° *only in* M. [13] sappaṭisso, M.
[14] kalyāṇami°, C. [15] paṭi°, M. [16] Ayam° *only in* M.
[17] Vuttaṃ° *only in* M.

māno uppajjati bahujanāhitāya bahujanāsukhāya,[1] bahuno janassa[2] anatthāya ahitāya dukkhāya devamanussānaṃ. Katamo[3] ekadhammo? Saṃghabhedo. Saṃghe kho pana bhikkhave bhinne aññamaññaṃ bhaṇḍanāni ceva honti, aññamaññaṃ paribhāsā ca honti,[4] aññamaññaṃ parikkhepā ca honti, aññamaññaṃ pariccajanā[5] ca[6] honti, tattha appasannā ceva na-ppasīdanti, pasannānañca ekaccānaṃ aññathattaṃ[7] hotīti. Etam-atthaṃ bhagavā avoca, tatthetaṃ iti vuccati:[8]

Āpāyiko[9] nerayiko
kappaṭṭho saṃghabhedako |
vaggārāmo[10] adhammaṭṭho
yogakkhemato dhaṃsati[11] |
saṃghaṃ samaggaṃ[12] bhitvāna[13]
kappaṃ nirayamhi[14] paccatīti

Ayam-pi attho vutto bhagavatā iti me sutan-ti 8

19. (Ek. II. 9) Vuttaṃ hetaṃ bhagavatā vuttam-arahatā ti me sutaṃ. Ekadhammo bhikkhave loke uppajjamāno uppajjati bahujanahitāya bahujanasukhāya, bahuno janassa atthāya hitāya sukhāya devamanussānaṃ. Katamo

---

[1] bahujana ahitāya bahujana asukhāya, B. P. Pa.; D. E. *omit these words.*

[2] bahujanojanassa, B. C. (*in* B *the first* ja *cancelled*).

[3] Katamo ca, D. E. [4] a° paribhāsā ca h° *om.* Pa.

[5] pariccajj°, B. [6] ca *om.* C.

[7] aññathattaṃ, C. E. M.; aññatatthaṃ, B. D. P. Pa., A.

[8] Etam° *only in* M. [9] āpāy°, M.; apāy *all other MSS.*

[10] vaggārāmo, B. C. M. (*cp.* kammārāmo, *sutt.* 79); vaggarāmo, P. Pa.; vaggarato, D. E.

[11] yogakkhemā vidhaṃsati, M.; *for* dhaṃsati *see Journ. P. T. S.*, 1886, *p.* 41.

[12] saṅghasāmaggi, B. (*see sutt.* 19). [13] bhetvāna, D. E. Pa.

[14] nirayamhi (*sic!*) paccati—*not* niraye, *in spite of the nine syllables—the counterpart of* saggamhi modati *in sutt.* 19; nirayamhi ca, P. Pa.

ekadhammo? S a ṃ g h a s s a s ā m a g g ī.[1] Saṃgho kho pana bhikkhave samagge na ceva aññamaññaṃ bhaṇḍanāni[2] honti, na ca aññamaññaṃ paribhāsā honti, na ca aññamaññaṃ parikkhepā honti,[3] na ca aññamaññaṃ pariccajanā[4] honti, tattha appasannā ceva pasīdanti[5] pasannānañca[6] bhīyobhāvo[7] hotīti. Etam-atthaṃ bhagavā avoca, tatthetaṃ iti vuccati:

Sukhā[8] saṃghassa sāmaggī[9]
samaggānañc-anuggaho[10] |
samaggarato dhammaṭṭho
yogakkhemā na dhaṃsati |
saṃghaṃ samaggaṃ[11] katvāna
kappaṃ saggamhi modatīti ||

Ayam-pi attho vutto bhagavatā iti me sutan-ti 9 ||

20. (Ek. II. 10) Vuttaṃ hetaṃ bhagavatā vuttam-arahatā ti me sutaṃ. Idhāhaṃ bhikkhave ekaccaṃ p u g g a l a ṃ p a d u ṭ ṭ h a c i t t a ṃ evaṃ cetasā ceto pariccapajānāmi, imamhi cāyaṃ samaye puggalo kālaṃ kareyya yathā bhataṃ nikkhitto evaṃ niraye.[12] Taṃ kissa hetu? Cittañ-hi-ssa bhikkhave paduṭṭhaṃ. Cetopadosahetu kho pana[13] bhikkhave evam-idhekacce sattā kāyassa bhedā param-maraṇā apāyaṃ duggatiṃ vinipātaṃ nirayaṃ upapajjantīti.[14] Etam-atthaṃ bhagavā avoca, tatthetaṃ iti vuccati:

---

[1] sāmaggī, P.; *all other MSS.* °i. [2] bhaṇḍanā, D. E.
[3] Pa. *omits* na ca . . . honti. [4] pariccajjanā, B.
[5] pasīd°, Pa. [6] pass°, P. Pa.
[7] bhiyyo°, B. M. P. Pa. [8] Sukhāya, B.
[9] *With short* i *all MSS.*
[10] °canuggaho, C. D. E. M. P. Pa, Aa; °cānuggaho, B.
[11] saṃghaṃ samaggaṃ, M.; saṅghasam°, P. Pa.; saṃghassa s°, D. E.; saṃghasāmaggiṃ, C.; °i, B.
[12] niraye ti, P. Pa. [13] pana *om.* C. M.
[14] uppajj°, D. E.

Paduṭṭhacittaṃ [1] ñatvāna
ekaccaṃ idha puggalaṃ |
etam-atthañca byākāsi
buddho bhikkhūnaṃ santike ||

Imamhi cāyaṃ samaye
kālaṃ kayirātha [2] puggalo |
nirayaṃ upapajjeyya
cittañ-hi-ssa padūsitaṃ [3] ||

Yathā haritvā nikkhipeyya
evam-eva tathāvidho |
cetopadosahetū hi [4]
sattā gacchanti duggatin-ti

Ayam-pi attho vutto bhagavatā iti me sutan-ti

Vaggo dutiyo.

Tass-uddānaṃ: [5]

Moha (11)-kodhā [6] (12) atha makkho [7] (13)
moha [8] (14)-kāmā [9] (15) sekkhā [10] duve (16, 17) |
bheda (18)-modā [11] (19) puggalo (20) ca
vaggam-āhu dutiyan-ti vuccati [12]

21. (Ek. III. 1) Vuttaṃ hetaṃ bhagavatā vuttam-arahatā ti me sutaṃ. Idhāhaṃ bhikkhave ekaccaṃ puggalaṃ pasannacittaṃ evaṃ cetasā ceto paricca pajā-

---

[1] °cittaṃ taṃ, D. E.

[2] kayirātha, C. D. E. M.; kariyātha, B.; kariyā, P. Pa.

[3] padūsitaṃ, D. E. P.; u, Pa.; padussitam, B. C. M.

[4] hetū hi, C. D. E. M.; ti, P. Pa.; hetu ti, B.

[5] Uddānaṃ, *very corrupt in all MSS.* [6] kodha *all MSS.*

[7] makkhato, B. P. Pa.; makkhātho, M.; makkhito, D. E.; makkhako, C.

[8] muha, B.; muhā, M.; musā, C. D. E. P. Pa.

[9] kāma, B. C. M. P. Pa.; kāmara, D. E.

[10] sekkha, D. E. M.; sekha, P. Pa.

[11] bhedamoda, P.; °meda, Pa.; °medha, D. E.; °meva, B. C.; °sāmagga, M. [12] vuccatīti, D. E. M. Pa.

nāmi, imamhi[1] cāyaṃ samaye puggalo kālaṃ kareyya yathā bhataṃ nikkhitto evaṃ sagge. Taṃ kissa hetu? C i t t a ñ-hi-ssa bhikkhave pasannaṃ. Cetopasādahetu kho pana bhikkhave evam-idhekacce sattā kāyassa bhedā param-maraṇā sugatiṃ saggaṃ lokaṃ upapajjantīti.[2] Etam-atthaṃ bhagavā avoca, tatthetaṃ iti vuccati:

Pasannacittaṃ ñatvāna
ekaccaṃ idha puggalaṃ |
etam-atthañca[3] byākāsi
buddho bhikkhūnaṃ santike ||

Imamhi cāyaṃ samaye
kālaṃ kayirātha[4] puggalo |
sugatiṃ[5] upapajjeyya[6]
cittañ-hi-ssa pasādikaṃ ||

Yathā haritvā nikkhipeyya
evam-eva[7] tathāvidho |
cetopasādahetū[8] hi
sattā gacchanti sugatin-ti[9] ||

Ayam-pi attho vutto bhagavatā iti me sutan-ti 1 ||

22. (Ek. III. 2) Vuttaṃ hetaṃ bhagavatā vuttam-arahatā ti me sutaṃ. [10]Mā bhikkhave p u ñ ñ ā n a ṃ

---

[1] imasmiṃ, M. [2] uppajj°, D. E.
[3] atthaṃ (*om.* ca), D. E. Pa.
[4] kayirātha, C. D. E. M.; kariyātha, B. P. Pa.
[5] suggatiṃ, C. M. [6] uppajj°, D. E. [7] evamevaṃ, B. C. Pa.
[8] °hetū, C. M.; °hetu, B. D. E. P. Pa.
[9] sugg°, C. D. E. M.
[10] C. *has no punctuation from* Mā bhikkhave *to* padesarajjassa; *in* B. *and* M. *there is after* bhāyittha, puññāni, homi, upapajjāmi, vasavatti, *before* Ko pana, *in* M. *also after* paccanubhūtaṃ, indo; *in* D. *after* manāpassa, paccanubhūtaṃ, āgamāsi, upapajjāmi, vasavatti, indo, dhammarājā, *before* Ko pana; *in* E. *after* bhāyittha, adhivacanaṃ, manāpassa, paccanubhūtaṃ, *etc., as in* D.

bhāyittha, sukhass-etaṃ bhikkhave adhivacanaṃ, iṭṭhassa kantassa piyassa manāpassa, yad-idaṃ puññāni. Abhijānāmi kho panāhaṃ bhikkhave dīgharattaṃ katānaṃ puññānaṃ dīgharattaṃ iṭṭhaṃ[1] kantaṃ piyaṃ manāpaṃ vipākaṃ paccanubhūtaṃ. Satta vassāni mettacittaṃ bhāvetvā satta[2] saṃvaṭṭavivaṭṭakappe[2] na-yimaṃ lokaṃ punar-āgamāsi[3], saṃvaṭṭamāno sudaṃ bhikkhave kappe ābhassarūpago homi, vivaṭṭamāno kappe suññaṃ brahmavimānaṃ upapajjāmi. Tatra sudaṃ bhikkhave brahmā homi[4] mahābrahmā abhibhū anabhibhūto aññadatthudaso[5] vasavattī.[6] Chattiṃsakkhattuṃ kho panāhaṃ bhikkhave sakko ahosiṃ[7] devānam-indo, anekasatakkhattuṃ rājā ahosiṃ,[8] cakkavatti[6] dhammiko dhammarājā cāturanto vijitāvī[6] janapadatthāvariyappatto[9] sattaratanasamannāgato.[10] Ko pana vādo padesa-rajjassa? Tassa mayhaṃ bhikkhave etad-ahosi. Kissa[11] nu kho me idaṃ kammassa phalaṃ,[12] kissa[12] kammassa[12] vipāko, yenāhaṃ etarahi evaṃ mahiddhiko evaṃ mahānubhāvo ti? Tassa mayhaṃ bhikkhave etad-ahosi. Tiṇṇaṃ[13] kho me idaṃ kammānaṃ phalaṃ, tiṇṇaṃ kammānaṃ vipāko, yenāhaṃ etarahi evaṃ mahiddhiko evaṃ mahānubhāvo ti, seyyathīdaṃ[14] dānassa damassa saññamassā[15]-ti. Etam-atthaṃ bhagavā avoca, tatthetaṃ iti vuccati:

Puññam-eva so sikkheyya
āyataggaṃ sukhindriyaṃ[16] |

---

[1] M. *omits the second* dīgharattaṃ; bhikkhave dīgharattaṃ addhānaṃ iṭṭhaṃ, B.

[2] satta *om*. D. E.; sattasaṃvaṭṭakappe, P. Pa.

[3] puna, B. C. M. P. Pa; agam° C. M.

[4] ahosi, P. Pa.

[5] °tthuso, D. E.; °tthute, C.; annaṃdatthudassā, P.; aññaṃdatthu, Pa; *cp. sutt.* 112, *where the same words re-occur.*

[6] °i *all MSS., except* vijitāvī, E. M.

[7] ahosiṃ, D. M.; °i *all other MSS.*

[8] ahosiṃ, M.; °i *all other MSS.*

[9] °patto, B. M.

[10] °sampanno, B. M.

[11] tassa, D. E.

[12] *om*. D. E.

[13] Tinnaṃ, C.

[14] °thidaṃ, B. M. P. Pa.

[15] saṃy°, B.

[16] su indriyaṃ, D. E.

dānañca samacariyañca
mettacittañca[1] bhāvaye

Ete dhamme bhāvayitvā
tayo sukhasamuddaye[2] |
abyāpajjhaṃ[3] sukhaṃ lokaṃ
paṇḍito upapajjatīti |

Ayam-pi attho vutto bhagavatā iti me sutan-ti 2

23. (Ek. III. 3) Vuttaṃ hetaṃ bhagavatā vuttam-arahatā ti me sutaṃ. Ekadhammo bhikkhave bhāvito bahulīkato u b h o a t t h e samadhigayha[4] tiṭṭhati diṭṭha-dhammikañceva atthaṃ samparāyikañca. Katamo eka-dhammo? Appamādo kusalesu dhammesu. Ayaṃ kho bhikkhave[5] ekadhammo bhāvito bahulīkato ubho atthe samadhigayha[6] tiṭṭhati diṭṭhadhammikañceva atthaṃ samparāyikañcā-ti. Etam-atthaṃ bhagavā avoca, tatthetaṃ iti vuccati:

Appamādaṃ pasaṃsanti
puññakiriyasu[7] paṇḍitā |
appamatto ubho atthe
adhigaṇhāti paṇḍito

---

[1] mettā°, B.

[2] °samuddayo, M.; °samudaye, P. Pa; sukhe samuddise, B.; tato sukhasamuddisse, C.; yo sukhasamudriye, D.; samundriye, E.; *A. has only:* sukhasamundriye (*sic!*) ti sukhānisaṃse ānisaṃsaphalam-pi nesaṃ sukham-evā-ti dasseti abyāpajjhaṃ . . .; *also in sutta* 60 *where the same two gāthās occur, the reading of the best MSS. points to* samuddaye. *A similar word occurs Telakaṭāhagāthā* 89: Dānādipuññakiriyāni sukhudrayāni katvā, *cp. Aṅgutt. Part* I. *p.* 97.

[3] jj, B. M. [4] samadhiggayha, D. Pa.

[5] bhikkhu, C. [6] samadhiggayha, D. P. Pa. [7] °kriyāsu, M.

Diṭṭhe dhamme ca yo attho
yo cattho samparāyiko |
atthābhisamayā [1] dhīro
paṇḍito ti pavuccatīti ||

Ayam-pi attho vutto bhagavatā iti me sutan-ti || 3 ||

24. (Ek. III. 4) Vuttaṃ hetaṃ bhagavatā vuttam-arahatā ti me sutaṃ. Ekapuggalassa bhikkhave kappaṃ sandhāvato saṃsarato siyā evaṃ [2] mahā [2] aṭṭhikaṅkalo [3] aṭṭhipuñjo aṭṭhirāsi [4] yathāyaṃ v e p u l l a p a b b a t o [5], sace saṃhārako [6] assa, sambhatañca [7] na vinasseyyā-ti. Etam-atthaṃ bhagavā avoca, tatthetaṃ iti vuccati:

Ekass-ekena kappena
puggalass-aṭṭhisañcayo [8] |
siyā pabbatasamo rāsi
iti vuttaṃ mahesinā [9] ||

So [10] kho panāyaṃ akkhāto
vepullo [11] pabbato mahā |
uttaro Gijjhakūṭassa [12]
Magadhānaṃ Giribbaje ||

Yato ca [13] ariyasaccāni
sammappaññāya passati ||
dukkhaṃ dukkhasamuppādaṃ
dukkhassa ca atikkamaṃ |

---

[1] attābhi°, P. Pa. [2] evaṃ samparāyikā mahā, B.
[3] aṭṭhikaṅkalo, B. M. P. (*cp. Skr.* kaṅkāla, asthikaṅkāla); aṭṭhikalo, C. D. E.; A. *has*: aṭṭhikalo ti aṭṭhibhāgo, aṭṭhicalo (*sic!*) ti paṭhanti aṭṭhi-sañcayo ti attho.
[4] aṭṭhirāsi pi, B. [5] vepullo pabb°, B.
[6] saṃhārako, D. E. M. P. Pa.; saṃhāro ko, C.; sampahārato, B. [7] saṃhatañca, C.
[8] Ekassekassa puggalassa aṭṭhisañcayo, C.
[9] mahesiva, C. [10] yo, C.
[11] vepulla, D. E. [12] kijjha°, B. [13] va Aa, *om.* M.

ariyaṃ[1] aṭṭhaṅgikaṃ[1] maggaṃ
dukkhūpasamagāminaṃ[2] ||

sa[3] sattakkhattuṃ paramaṃ
sandhāvitvāna puggalo |
dukkhassantakaro hoti
sabbasaṃyojanakkhayā ti ||

Ayam-pi attho vutto bhagavatā iti me sutan-ti || 4 ||

25. (Ek. III. 5) Vuttaṃ hetaṃ bhagavatā vuttam-arahatā ti me sutaṃ. Ekadhammaṃ[4] atītassa[5] bhikkhave purisapuggalassa nāhaṃ tassa kiñci pāpakammaṃ akaraṇiyan-ti vadāmi. Katamaṃ ekadhammaṃ[6]? Yathayidaṃ[7] bhikkhave sampajānamusāvādo ti.[8] Etam-atthaṃ bhagavā avoca, tatthetaṃ iti vuccati :

Ekadhammaṃ[9] atītassa[10]
musāvādissa[11] jantuno |
vitiṇṇaparalokassa
natthi pāpaṃ akāriyan-ti ||[12]

Ayam-pi attho vutto bhagavatā iti me sutan-ti || 5 ||

26. (Ek. III. 6) Vuttaṃ hetaṃ bhagavatā vuttam-arahatā ti me sutaṃ. Evañ-ce bhikkhave sattā jāneyyuṃ dānasaṃvibhāgassa vipākaṃ yathāhaṃ jānāmi, na adatvā bhuñjeyyuṃ, na ca nesaṃ maccheramalaṃ cittaṃ pariyādāya tiṭṭheyya.[13] Yo pi nesaṃ assa carimo ālopo carimaṃ kabalaṃ[14], tato pi na asaṃvibhajitvā bhuñjeyyuṃ, sace nesaṃ paṭiggāhakā assu. Yasmā ca kho bhikkhave

---

[1] ariyaṭṭhaṅgikaṃ, B. M. P. Pa.
[2] dukkhup°, B. M. P. Pa. [3] *om.* B.
[4] ekaṃ dh°, B. C. E. P. Pa. [5] bhaṇitassa, P. Pa.
[6] ekaṃ dh°, C. [7] yathāyidaṃ, B. C.
[8] ti *om.* D. E. P. Pa. [9] ekaṃ dh°, C. D. E.
[10] bhaṇitassa, P. Pa. [11] °vādassa, B. P. Pa. As.
[12] *The same gāthā Dhammap.* gāth. 176.
[13] tiṭṭheyaṃ, C.; tiṭṭheyyu, B. [14] kabaḷaṃ, M.

sattā na[1] evaṃ jānanti dānasaṃvibhāgassa vipākaṃ yathāhaṃ jānāmi, tasmā adatvā bhuñjanti maccheramalañca nesaṃ cittaṃ pariyādāya tiṭṭhatīti. Etam-atthaṃ bhagavā avoca, tatthetaṃ iti vuccati:

Evañ-ce sattā jāneyyuṃ
yathā vuttaṃ mahesinā |
vipākaṃ saṃvibhāgassa
yathā hoti mahapphalaṃ ||

vineyya[2] maccheramalaṃ
vippasannena cetasā |
dajjuṃ[3] kālena ariyesu
yattha dinnaṃ mahapphalaṃ ||

Annañca datvā bahuno[4]
dakkhiṇeyyesu dakkhiṇaṃ |
ito cutā manussattā
saggaṃ gacchanti dāyakā ||

Te ca saggaṃ[5] gatā tattha[6]
modanti kāmakāmino |
vipākaṃ saṃvibhāgassa
anubhonti amaccharā ti ||

Ayam-pi attho vutto bhagavatā iti me sutan-ti || 6 ||

27.[7] (Ek. III. 7) Vuttaṃ hetaṃ bhagavatā vuttam-arahatā ti me sutaṃ. Yāni kānici bhikkhave opadhikāni[8] puññakiriyavatthūni[9] sabbāni tāni m e t t ā y a cetovimuttiyā kalaṃ nāgghanti[10] soḷasiṃ, mettā yeva tāni cetovimutti adhiggahetvā bhāsate ca tapate ca virocati ca. Seyyathā pi bhikkhave yā kāci[11] tārakarūpānaṃ pabhā[12] sabbā

---

[1] naṃ, B. C.
[2] vineyyuṃ, M.; A. *has*: macchariyaṃ malaṃ apanetvā.
[3] dajjaṃ, C.; dajja, B.; A. *has*: rajjaṃ (*sic!*) dadeyyuṃ.
[4] pāhuno, D. E. [5] saggaṃ, M. P. Pa.; sagga, B. C. D. E.
[6] ete saggagatā sattā, C. [7] *Cp. Manu* II. 86-87.
[8] osadhikāni, B. C. Aa. [9] °kriya°, M.
[10] nagghanti, M.; nānagghanti, Pa.
[11] yāni kānici B. C. [12] pabhāni, B.

tā[1] candiyā[2] pabhāya kalaṃ nāgghanti[3] soḷasiṃ, candappabhā[4] yeva tā[5] adhiggahetvā bhāsate ca tapate[6] ca[6] virocati ca, evam-eva kho[7] bhikkhave yāni kānici opadhikāni puññakiriyavatthūni[18] sabbāni tāni[8] mettāya cetovimuttiyā kalaṃ[9] nāgghanti[10] soḷasiṃ, mettā yeva tāni cetovimutti adhiggahetvā bhāsate ca tapate[6] ca[6] virocati ca. Seyyathā pi bhikkhave vassānaṃ pacchime māse saradasamaye visuddhe[11] vigatavalāhake nabhe[12] ādicco nabhaṃ abbhussakkamāno[13] sabbaṃ ākāsagataṃ[14] tamagataṃ[14] abhivihacca[15] bhāsate ca tapate[16] ca[16] virocati ca, evam-eva kho bhikkhave yāni kānici opadhikani[17] puññakiriyavatthūni[18] sabbāni tāni mettāya cetovimuttiyā kalaṃ[19] nāgghanti[20] soḷasiṃ, mettā yeva tāni cetovimutti adhiggahetvā bhāsate ca tapate[16] ca[16] virocati ca. Seyyathā pi bhikkhave rattiyā paccūsasamayaṃ osadhitārakā bhāsate ca tapate[21] ca[21] virocati[22] ca,[22] evam-eva kho bhikkhave yāni kānici opadhikāni[23] puññakiriyavatthūni[18] sabbāni tāni mettāya cetovimuttiyā kalaṃ nāgghanti[24]

---

[1] tā *om.* B. C. P. Pa.
[2] candiyā, M. P. Pa. Aa.; candimā, B.; candimāya, C. D. E.
[3] naggh°, M. Pa. [4] candapabhā, M. [5] tāni, B. C. P. Pa.
[6] *Om.* Pa. [7] evaṃ kho, B. C. M. P. Pa.
[8] *Om.* C. [9] °kālaṃ, B. [10] naggh°, M. P. Pa.
[11] viddhe, D. E. M. P. Pa.; A. *has:* viddhe ti uddhiddhe (udviddhe ?) meghavigamena dūribhūto ti attho.
[12] nakhe, B.
[13] abbhusakkamāno ti udayaṭṭhānato ākāsaṃ ullaṃghento, A.; *cp.* sakkati *in Child. Dict., with* abhi- *and* ud-; abbhussagg°, M.; abbhussatt°, P.; abbhassatt°, Pa; abbhussakkamādo, E.; abbhussūkkamādo, D.; ābhāsamāno, B. C.
[14] dhāmagataṃ, B.; ākāsaṃ tamaṃ tamaṃ, D. E.
[15] abhihacca, E.; abhibhucca, D. [16] *Om.* P. Pa.
[17] osadhikāni, B. C. [18] °kriya°, M.
[19] kālaṃ, B. [20] naggh°, M. P. Pa.
[21] tapathā, P.; *om.* Pa.
[22] ca *om.* Pa.; vāsavo ca viro-cati, B.
[23] osadhikāni, B. C. [24] naggh°, C. M. P. Pa.

soḷasiṃ, mettā yeva tāni cetovimutti adhiggahetvā bhāsate ca tapate [1] ca [1] virocati cā-ti.[2] Etam-atthaṃ bhagavā avoca, tatthetaṃ iti vuccati:

Yo ca [3] mettaṃ bhāvayati
appamāṇaṃ [4] patissato [5] |
tanu [6] saṃyojanā honti
passato [7] upadhikkhayaṃ ||

Ekam-pi ce pāṇam-aduṭṭhacitto [8]
mettāyati kusalo [9] tena hoti |
sabbe ca pāṇe manasānukampaṃ [10]
pahūtam [11]-ariyo pakaroti puññaṃ

Ye [12] sattasaṇḍaṃ [13] pathaviṃ [14] vijitvā [15]
rājīsayo [16] yajamānānupariyagâ [17] |
(assamedhaṃ [18] purisamedhaṃ [19]
sammāpāsaṃ [20] vājapeyyaṃ [21] niraggaḷaṃ [22])
mettassa cittassa subhāvitassa [23]
kalam-pi te nānubhavanti soḷasiṃ [22]

---

[1] tapathā, P.; *om.* Pa. [2] ca, *without* ti, C. D. E. P.
[3] *Om.* D. E. Pa. [4] appamānaṃ, B. C. D. E. Aa.
[5] paṭiss°, M.; patiyato, B.
[6] manu, C.; tandha, D. E. [7] passadhiro, C.
[8] pānapaduṭṭha°, C.; pāṇampadu°, B.
[9] kusalī, D. E. [10] °kaṃmaṃ, B.; kampi, D. E.
[11] pahūtam, M., *and by correction* D.; bahūnam, E.; bahutam, C. P. Pa.; bāhutam, B.
[12] yo, C. M. [13] °santaṃ, B. C., sattā°, B.
[14] paṭhaviṃ, C. D. E. [15] vijetvā, D. E. P. Pa.
[16] rājīsayo, E.; rājisayo, D. M.; rājisiyo, Pa.; rājissayo, C. P.; rājissaro, B.
[17] yajamâno nupari°, P. Pa.; ye yajamānānup°, C.; °nupariyagâ *all MSS.; A. has:* anupariyahā (*sic!*) ti vicarimsu; *the proper plural form would be* anupariyaguṃ *or* °gū.
[18] sassa°, B. C. M. [19] pū°, B.; purisassa m°, C.
[20] savosaṃ, C. [21] vāca°, C.; vācā°, B. M. P. Pa.
[22] l, C. [23] sabhā°, D. E.; subhāsitassa, C.

(candappabhā tāragaṇā va [1] sabbe)

Yo na hanti na ghāteti [2]
na [3] jināti [4] na [5] jāpaye [6] |
mettaṃso [7] sabbabhūtesu
veraṃ tassa na kenaci-ti ||
Ayam-pi attho vutto bhagavatā iti me sutan-ti || 7 ||

[Uddānaṃ] [8]

Cittaṃ jhāyi (21) ubho atthe [9] (23)
puññaṃ [10] (22) vepullapabbataṃ (24) |
sampajānamusāvādo (25)
dānañca (26) mettabhāvañca [11] (27) ||
Satt-imāni ca suttāni
purimāni ca vīsati | [12]
ekadhammesu suttantā
sattavīsati saṅgahā |
Ekanipāto niṭṭhito, dve dhamme anukkaṭi.[13]

[Dukanipāto.]

28. (Duk. I. 1) Vuttaṃ hetaṃ bhagavatā vuttam-arahatā ti me sutaṃ. Dvīhi bhikkhave dhammehi samannāgato bhikkhu diṭṭhe-va [14] dhamme dukkhaṃ viharati savighātaṃ

---

[1] ca, B. C. E. M. *The lines put into brackets seem to be an old interpolation, though they are also in the Commentary. The first two* (assamodhaṃ. . . niraggalaṃ) *occur Saṃyutta-nikāya, Part I. p.* 76.

[2] ghāpeti, D.; ghāceti, E.; nāgghatiti, C.

[3] na ca, P. Pa. [4] cināti, B. [5] na ca, Pa. [6] jāsaye, B.

[7] mettāso, P. Pa.; mettaṃyo, C.

[8] [Uddānaṃ] *om. all MSS.* [9] atthā, M.; attā, C.

[10] puñjaṃ (*one of the words of sutt.* 24), M.

[11] metta°, C. D. E. M.; mettā°, B.; mettaṃ, P. Pa.; °bhāvañca, B. M.; °bhāvaca, C.; °bhāvāca, D. E.; vācamca, P. Pa; mettābhāvanā *is meant.*

[12] Satt-imāni. . . vīsati *only in* M.

[13] anukkaṭi, M.; °ī, C.; anukkuṭi, B.; anukati, D. E.; adukkaṭi, Pa (P. ?). [14] ceva, B. P. Pa., Aa.

sa-upāyāsaṃ [1] sapariḷāhaṃ, kāyassa bhedā param-maraṇā duggati pāṭikaṅkhā. Katamehi dvīhi? Indriyesu aguttadvāratāya ca [2] bhojane amattaññutāya ca.[3] Imehi bhikkhave dvīhi dhammehi samannāgato bhikkhu diṭṭhe-va [4] dhamme dukkhaṃ viharati savighātaṃ sa-upāyāsaṃ sapariḷāhaṃ, kāyassa bhedā param-maraṇā duggati pāṭikaṅkhā ti. Etam-atthaṃ bhagavā avoca, tatthetaṃ iti vuccati:

Cakkhu [5] sotañca ghānañca
jivhā kāyo tathā mano |
etāni yassa dvārāni
aguttāni-dha [6] bhikkhuno ||

bhojanamhi [7] amattaññū [8]
indriyesu asaṃvuto |
kāyadukkhaṃ cetodukkhaṃ
dukkhaṃ [9] so [9] adhigacchati ||

Ḍayhamānena kāyena
ḍayhamānena cetasā |
divā vā yadi vā rattiṃ [10]
dukkhaṃ viharati tādiso ti ||

Ayam-pi attho vutto bhagavatā iti me sutan-ti || 1 ||

29. (Duk. I. 2) Vuttaṃ hetaṃ bhagavatā vuttam-arahatā ti me sutaṃ. Dvīhi bhikkhave dhammehi samannāgato bhikkhu diṭṭhe-va [11] dhamme sukhaṃ viharati avighātaṃ anupāyāsaṃ apariḷāhaṃ, kāyassa bhedā param-maraṇā

---

[1] saupp°, B. Aa. [2] *om.* B.

[3] aguttadvāro . . . amattaññu, Aa.; *the text of our MSS., as above, is mentioned as another reading in* A.

[4] ceva, B. [5] bhikkhu, D. E.

[6] ca, B. D. E. Aa.; avuttānidha, C. [7] bho° ca, C.

[8] °ū, M.; °u, B. C. D. E.; appamatt°, P. Pa.

[9] dukkheso, C.; dukkhato, B.; A. *does not take* dukkhaṃso *as a compound like* mettaṃso *in sutt.* 27.

[10] °ratti, B. P. Pa. [11] ceva, D.; *cp. sutt.* 41.

sugati[1] pāṭikaṅkhā. Katamehi dvīhi? I n d r i y e s u guttadvāratāya[2] ca bhojane[3] mattaññutāya ca. Imehi[4] bhikkhave dvīhi[5] dhammehi samannāgato bhikkhu diṭṭhe, va[6] dhamme sukhaṃ viharati avighātaṃ anupāyāsaṃ apariḷāhaṃ, kāyassa bhedā param-maraṇā sugati pāṭikaṅkhā ti. Etam-atthaṃ bhagavā avoca, tatthetaṃ iti vuccati:

Cakkhu sotañca ghānañca
jivhā kāyo tathā[7] mano |
etāni yassa dvārāni[8]
suguttāni-dha[9] bhikkhuno ||

bhojanamhi ca matañña[10]
indriyesu ca saṃvuto |
kāyasukhaṃ cetosukhaṃ
sukhaṃ so[11] adhigacchati ||

Aḍayhamānena[12] kāyena
aḍayhamānena[13] cetasā |
divā vā yadi vā rattiṃ[14]
sukhaṃ viharati tādiso ti ||

Ayam-pi attho vutto bhagavatā iti me sutan-ti || 2 ||

30.[15] (Duk. I. 3) Vuttaṃ hetaṃ bhagavatā vuttam-arahatā ti me sutaṃ. Dve-me bhikkhave dhammā t a p a n ī y ā.[16]

---

[1] suggati, D. E. P. Pa. [2] rattadv°, B. [3] bhojanena, B.
[4] imehi kho, D. E. [5] *Om.* B. [6] ceva, D. E.
[7] atho, B. C. M. [8] D. E. *omit this pāda.*
[9] dha, C. M.; ca, B. D. E. P. Pa.
[10] °ū, M.; *the other MSS. have* °u.
[11] sukhaṃ so, M. P. Pa. (*see sutt.* 28), so (*without* sukhaṃ), D. E.; sukhato, B. C. [12] aṭay°, B.; day°, D. E.
[13] aday°, B. P. Pa.; day°, D. E. [14] °ratti, B. P. Pa.
[15] *Cp. Aṅguttara-nikāya*, II. 1, 3.
[16] tapaniyā, B. M. Pa.

Katame dve? Idha bhikkhave ekacco akatakalyāṇo hoti akatakusalo akatabhīruttāṇo [1] katapāpo katatthaddho [2] katakibbiso. So akataṃ me kalyāṇan-ti pi [3] tappati,[4] kataṃ me pāpan-ti pi tappati.[4] Ime kho bhikkhave dve dhammā tapanīyā [5] ti. Etam-atthaṃ bhagavā avoca, tatthetaṃ iti vuccati:

Kāyaduccaritaṃ [6] katvā
vacīduccaritāni [6] vā [7]
manoduccaritaṃ [6] katvā
yañcaññaṃ dosasaññitaṃ [8]

akatvā kusalaṃ kammaṃ [9]
katvānākusalaṃ bahuṃ |
kāyassa bhedā duppañño
nirayaṃ so [10] upapajjatīti [10] ||

Ayam-pi attho vutto bhagavatā iti me sutan-ti || 3 ||

81.[11] (Duk. I. 4) Vuttaṃ hetaṃ bhagavatā vuttam-arahatā ti me sutaṃ. Dve-me bhikkhave dhammā a t a p a n ī y ā.[12] Katame dve? Idha bhikkhave ekacco katakalyāṇo hoti kata-kusalo katabhīruttāṇo, akatapāpo akatatthaddho [13] akata-kibbiso. So kataṃ me kalyāṇan-ti pi na tappati [14], akataṃ me pāpan-ti pi [15] na tappati.[14] Ime kho bhikkhave

---

[1] °bhīruttāṇo, B.; °bhīruṇo, E.; °ruṇo, D.; akata abhīruttāṇo, C.

[2] °tthaddho, C.; °tthaddo, E.; °luddho, B. M.; °luddo, D. P. Pa.

[3] *om.* Aa.

[4] tappati, Aa. (*cp. Dhammap. gāth.* 17); tapati *all other MSS.*

[5] tapaniyā, B. M. P. Pa.

[6] °ducar°, B.

[7] ca, M.

[8] °saṃhitaṃ D. E.

[9] dhammaṃ, B. C. M.

[10] sopapajjatīti, M.

[11] *Cp. Aṅguttara-nikāya*, II. 1, 4.

[12] atapaniyā, B. M. Pa.

[13] °tthaddho, C.; °tthaddo, E.; °luddho, B. P.; °luddo, D. M. Pa.

[14] tappati *by conjecture;* tapati *all MSS., see sutt.* 30.; A. *does not explain this sutta.*

[15] *Om.* B. P. Pa.

dve dhammā alapanīyā[1] ti. Etam-atthaṃ bhagavā avoca, tatthetaṃ iti vuccati:

Kāyaduccaritaṃ hitvā
vacīduccaritāni vā[2] |
manoduccaritaṃ hitvā
yañcaññaṃ dosasaññitaṃ[3] |

akatvākusalaṃ[4] kammaṃ[5]
katvāna kusalaṃ bahuṃ |
kāyassa bhedā sappañño
saggaṃ so upapajjatīti.

Ayam-pi attho vutto bhagavatā iti me sutan-ti || 4 ||

32. (Duk. I. 5) Vuttaṃ hetaṃ bhagavatā vuttam-arahatā ti me sutaṃ. Dvīhi bhikkhave dhammehi samannāgato puggalo yathābhataṃ nikkhitto evaṃ niraye. Katamehi dvīhi? Pāpakena ca sīlena pāpikāya ca diṭṭhiyā. Imehi kho bhikkhave dvīhi dhammehi samannāgato puggalo yathābhataṃ[6] nikkhitto evaṃ niraye ti. Etam-atthaṃ bhagavā avoca, tatthetaṃ iti vuccati:

Pāpakena ca sīlena
pāpikāya ca diṭṭhiyā |
etehi dvīhi dhammehi
yo samannāgato naro |
kāyassa bhedā duppañño
nirayaṃ so[7] upapajjatīti[7] ||

Ayam-pi attho vutto bhagavatā iti me sutan-ti || 5 ||

33. (Duk. I. 6) Vuttaṃ hetaṃ bhagavatā vuttam-arahatā ti me sutaṃ. Dvīhi bhikkhave dhammehi samannāgato puggalo yathābhataṃ nikkhitto evaṃ saggo.[8] Katamehi

---

[1] atapanīyā, B. M. Pa. [2] ca, B. M.
[3] °saññitaṃ, M.; yaṃ paññaṃ dosasaṃhitaṃ, D. E.
[4] akatvā akusalaṃ, B. D. E. P. Pa. [5] dhammaṃ, C.
[6] Cp. *Aṅguttara-nikāya*, III. 10; 158.
[7] iti *om.* C.; sopapajjatīti, M. [8] sagge ti, C.

dvīhi? Bhaddakena ca sīlena bhaddikāya ca diṭṭhiyā. Imehi kho bhikkhave dvīhi dhammehi samannāgato puggalo yathābhataṃ nikkhitto evaṃ sagge ti. Etam-atthaṃ bhagavā avoca, tatthetaṃ iti vuccati:

Bhaddakena ca sīlena
bhaddikāya ca diṭṭhiyā |
etehi dvīhi dhammehi
yo samannāgato naro |
kāyassa bhedā sappañño
saggaṃ so upapajjatīti ||

Ayam-pi attho vutto bhagavatā iti me sutan-ti || 6 ||

34. (Duk. I. 7) Vuttaṃ hetaṃ bhagavatā vuttam-arahatā ti me sutaṃ. Anātāpī[1] bhikkhave bhikkhu anottappī[2] abhabbo sambodhāya abhabbo nibbānāya abhabbo anuttarassa yogakkhemassa adhigamāya. Ātāpī[3] kho[4] bhikkhave bhikkhu ottappī[5] bhabbo sambodhāya bhabbo nibbānāya bhabbo anuttarassa yogakkhemassa adhigamāyā-ti. Etam-atthaṃ bhagavā avoca, tatthetaṃ iti vuccati:

Anātāpī[6] anottappī[7]
kusīto hīnavīriyo[8] |
yo thīnamiddhabahulo
ahirīko[9] anādaro |
abhabbo tādiso bhikkhu
phuṭṭhuṃ[10] sambodhim-uttamaṃ |

---

[1] °ī, M.; °i, B. C. P. Pa.; anāgāmipi, D. E.
[2] °ī, C.; °i, B. D. E. P. Pa.; anottāpi, M.
[3] °i, M.; °ī, the other MSS. [4] Om. C. Pa.
[5] °ī, C.; °i, B. P. Pa.; ottāpī, M.; °i, D. E.
[6] °ī, M.; °i, the other MSS.
[7] °i, all MSS. but M.; anottāpī, M.
[8] °vīriyo, C. D. E. M.; °viriyo, B. P. Pa.
[9] ahirīko, C.; ahīriko, M.; °ahiriko, B. D. E. P. Pa.
[10] phuṭṭhuṃ, M.; phuṭṭhaṃ the other MSS.; cp. sutt. 79, 80, 110.

Yo ca satimā [1] nipako jhāyī [2]
ātāpī [3] ottappī [4] ca appamatto |
saṃyojanaṃ jātijarāya chetvā
idheva sambodhim-anuttaraṃ [5] phuse ti ||
Ayam-pi attho vutto bhagavatā iti me sutan-ti 7 ||

35. (Duk. I. 8) Vuttaṃ hetaṃ bhagavatā vuttam-arahatā ti me sutaṃ. Nayidaṃ bhikkhave brahmacariyaṃ vussati [6] jana k u h a n a t t h a ṃ [7] janalapanatthaṃ [8] lābhasakkārasilokānisaṃsatthaṃ [9] iti maṃ jano jānātū-ti.[10] Atha kho idaṃ bhikkhave brahmacariyaṃ vussati saṃvaratthañca [11] pahānatthañcā-ti. Etam-atthaṃ bhagavā avoca, tatthetaṃ iti vuccati:

Saṃvaratthaṃ pahānatthaṃ
brahmacariyaṃ anītihaṃ [12] |
adesayī [13] so bhagavā
nibbānogadhagāminaṃ |

Esa maggo mahattehi [14]

---

[1] matimā, C.

[2] jhāyī, M. Aa.; jhānalābhī, D. E., °i, B. C. P. Pa.

[3] °ī, M.; °i, *the other MSS.*

[4] ottappī, M.; ottāpi, *the other MSS.*

[5] sambodhi anutt°, B. [6] vusati, P. Pa.; vasīti, C.

[7] naca ku°, B. C.

[8] janalap°, M. P. Pa. Aa.; na janalap°, D. E.; naca lap°, B.; *om.* C.

[9] *I follow* M. P. Pa. *and* Aa., *the other MSS. repeat* na *before* lābhasakk°.

[10] *All MSS. except* M. *and* Aa. *repeat* na *before* iti maṃ°.

[11] °tthaññeva, D. E.; saṃvayatañceva, P.; saṃvutañceva, Pa.

[12] anītihaṃ, C. M.; anitihaṃ, B.; anītīhaṃ, E.; anītibhaṃ, D.; anihitam, P. Pa.; *see Journ. P. T. S.* 1886, *p.* 111.

[13] adesayi, C. D. E.; °ī, B. M. P. Pa.

[14] mahattehi, C. D. E. Pa.; °tthehi, P.; mahantehīti (*sic!*) mahā ātumehi, A.; mahantehi, B. M.

anuyāto mahesino[1] |
ye ye[2] taṃ paṭipajjanti
yathā buddhena desitaṃ |
dukkhassantaṃ karissanti
satthusāsanakārino ti ||

Ayam-pi attho vutto bhagavatā iti me sutan-ti || 8 ||

86.[3] (Duk. I. 9) Vuttaṃ-hetaṃ bhagavatā vuttam-arahatā ti me sutaṃ. Nayidaṃ bhikkhave brahmacariyaṃ vussati[4] janakuhanatthaṃ[5] janalapanatthaṃ[6] lābhasakkārasilokānisaṃsatthaṃ[7] iti maṃ jano jānātū-ti.[8] Atha kho idaṃ bhikkhave brahmacariyaṃ vussati[4] abhiññatthañceva[9] pariññatthañcā-ti.[10] Etam-atthaṃ bhagavā avoca, tatthetaṃ iti vuccati:

Abhiññatthaṃ pariññatthaṃ
brahmacariyaṃ anītihaṃ[11] |
adesayī[12] so bhagavā
nibbānogadhagāminaṃ ||

Esa maggo mahattehi[13]
anuyāto mahesino[14] |
ye ye taṃ paṭipajjanti
yathā buddhena desitaṃ |
dukkhassantaṃ karissanti
satthusāsanakārino ti ||

Ayam-pi attho vutto bhagavatā iti me sutan-ti || 9 ||

87. (Duk. 10) Vuttaṃ hetaṃ bhagavatā vuttam-arahatā ti me sutaṃ. Dvīhi bhikkhave dhammehi samannāgato

---

[1] °sinā, P. Pa.; mahesihi, D. E. [2] pi, D. E.
[3] *See sutt.* 85. [4] vusati, P. Pa. [5] naca kuh°, B. C.
[6] janalap°, M.; na janalap°, D. E. P.; naca lap°, B. C.
[7] lābhasakk°, M.; na lābh°, D. E. P. Pa.; na ca lābh°, B. C. [8] iti maṃ°, M.; na iti maṃ°, *the other MSS.*
[9] °attaññeva, C. [10] °attaññā ti, C.
[11] anihitaṃ, P. Pa. [12] °i, C. E.; °i, *the other MSS.*
[13] °tthehi, P.; mahantebhi, B. M. [14] mahesihi, D. E.

bhikkhu diṭṭhe-va[1] dhamme sukha s o m a n a s s a bahulo viharati, yoniso[2] āraddho hoti āsavānaṃ khayāya.[3] Katamehi dvīhi? S a ṃ v e j a n ī y e s u[4] ṭhānesu saṃvejanena saṃvegassa[5] ca yoniso padhānena.[6] Imehi kho bhikkhave dvīhi dhammehi samannāgato bhikkhu diṭṭhe-va[1] dhamme sukhasomanassabahulo viharati, yoniso[2] āraddho hoti āsavānaṃ khayāyā-ti. Etam-atthaṃ bhagavā avoca, tatthetaṃ iti vuccati:

Saṃvejanīyesu[7] ṭhānesu
saṃvijjetheva[8] paṇḍito |
ātāpī[9] nipako bhikkhu
paññāya samavekkhiya ||

Evaṃ vihārī[9] ātāpī[9]
santavutti anuddhato |
cetosamatham[10]-anuyutto
khayaṃ dukkhassa pāpuṇe ti[11] ||

Ayam-pi attho vutto bhagavatā iti me sutan-ti || 10 ||.

Vaggo paṭhamo.[12]

---

[1] ceva, B. D. E. P. Pa.

[2] yoniso, C.; yonissa, M.; yonissayā, B.; yonīcassa, D. E. (yonic° *the second time*); yoniso cassa, P. Pa.

[3] khayāyā-ti, B. C. Pa. [4] °iyesu, B. C. M. Pa.

[5] *For* saṃvegassa A. *mentions* saṃvejitvā *as another reading.* [6] padhānena ca, *all MSS. except* Aa. M.

[7] °iyesu, B. C. P. Pa.; saṃvejaniyaṭhānesu, M.

[8] saṃvijjetheva *by conjecture;* saṃvijjateva, M., *also* Aa.; *but* A. *explains it by* saṃvijjeyya *and* saṃvegaṃ kareyya, *mentioning* saṃvijitvā *(sic!) as another reading;* saṃvejetheva, D. E.; saṃvajjetha ca, P. Pa.; saṃvejjateva, C.; saṃvejate ca, B.; *cp.* saṃvegaṭṭhāne saṃvijjanti, *Dhammap. ed. Fausb. p.* 120.

[9] °ī, M.; °i, *all other MSS.*

[10] samacetopatham, E.; °vetopatham, D.

[11] pāpuṇoti, D. E.

[12] tatiyo, M.; *also* B. C. P., *but after the Uddāna;* D. E. Pa. *have only* vaggo.

Tass-uddānam[1]:

Dve-me[2] bhikkhu (28, 29) tapanīyā-[3]
-tapanīyā[3] (30, 31) paratthehi[4] (32, 33) |
[ātāpī 34][5] na kubanā (35, 36) ca
somanassena (37) te[6] dasā-ti[6] ||

38. (Duk. II. 1) Vuttaṃ hetaṃ bhagavatā vuttam-arahatā-ti me sutaṃ. Tathāgataṃ bhikkhave arahantaṃ[7] sammāsambuddhaṃ dve vitakkā[8] bahulaṃ[8] samudācaranti, khemo ca vitakko paviveko[9] ca.[9] Abyābajjhārāmo[10] bhikkhave tathāgato abyābajjharato.[11] Tam-enaṃ bhikkhave tathāgataṃ abyābajjhārāmaṃ abyābajjharataṃ[12] esova[13] vitakko bahulaṃ samudācarati: Imāyāhaṃ iriyāya na kiñci byābādhemi[14] tasaṃ[15] vā thāvaraṃ vā ti. Pavivekārāmo[16] bhikkhave tathāgato pavivekarato.[17] Tam-enaṃ bhikkhave tathāgataṃ pavivekārāmaṃ pavivekarataṃ[18] esova[19] vitakko bahulaṃ samudācarati: Yaṃ akusalaṃ taṃ pahīnan-ti. Tasmā ti ha[20] bhikkhave tumhe pi[21] abyābajjhārāmā viha-

---

[1] Tassudānaṃ (*sic!*) *only in* M.
[2] dve ca, M.; dve me ca, B. P. Pa.
[3] B. D. E. Pa. *have only one* tapanīyā.
[4] parattheti, M.; °ttehi, P. Pa.; °tteti, B. C.; padattheti, D. E.
[5] ātāpī *by conjecture; all MSS. have* dve pādā.
[6] desitā, D. E. *There is a better* uddāna *of these ten suttas after sutt.* 47.
[7] arahataṃ, B.; arahantaṃ taṃ, C.
[8] vitakkabahulā, C. [9] paviveko ca vitakko, D. E.
[10] *Only* M. *has always* abyābajjh°; *the other MSS. have always* abyāpajjh°. [11] °ārato, B. C. P.
[12] °ārataṃ, B. P.; *om.*, C.
[13] eso, P. (Pa. *omits* Tam-enaṃ . . . samudācarati).
[14] byapādhemi, Pa.; byāpā . . . (*corrupt*) P.; byāpādema, B. [15] tapaṃ, B. C. [16] °arāmo, C. P.
[17] °ārate, P. (*I do not mention all corruptions of* Pa. *and also of* P. *in this passage*). [18] °āratam, B. [19] eso, Pa.
[20] tihi, D. E. Pa. [21] pi, D. E. M. Pa.; hi, B. C.

ratha abyābajjharatā.[1] Tesaṃ vo[2] bhikkhave tumhākaṃ abyābajjhārāmānaṃ[3] viharataṃ[4] abyābajjharatānaṃ[5] eseva vitakko bahulaṃ samudācarissati[6]: Imāya mayaṃ[7] iriyāya na kiñci byābādhema[8] tasaṃ[9] vā thāvaraṃ vā ti. Pavivekārāmā[10] bhikkhave viharatha[11] pavivekaratā.[12] Tesaṃ vo[13] bhikkhave tumhākaṃ pavivekārāmānaṃ viharataṃ[14] pavivekaratānaṃ eseva[15] vitakko bahulaṃ samudācarissati[16]: kiṃ[17] akusalaṃ kiṃ[18] appahīnaṃ kiṃ pajahāmā-ti. Etam-atthaṃ bhagavā avoca, tatthetaṃ iti vuccati:

Tathāgataṃ buddham-asayhasāhinaṃ[19]
duve vitakkā samudācaranti naṃ |
khemo vitakko paṭhamo udīrito
tato[20] viveko dutiyo pakāsito ||

Tamonudaṃ pāragataṃ[21] mahesiṃ[22]
taṃ[23] pattipattaṃ vasimaṃ[24] anāsavaṃ
visantaraṃ[25] taṇhakkhaye vimuttaṃ |
taṃ ve muniṃ[26] antimadehadhāriṃ[27]

---

[1] °āratā, B. P. Pa.
[2] A. *has*: tattha vo ti nipātamattaṃ; kho, B.
[3] °arām°, C. [4] viharati, D. E. [5] °ārat°, B. P. Pa.
[6] °caratīti, B. Pa.; °cariyeti, P.
[7] imāyāhaṃ, D. E., *om.* Pa.
[8] byābādhemi, D. E.; byāpādema, B. C. P. (Pa. *corrupt*).
[9] tapaṃ, B.; taṃ, C. [10] °arāmā, C. E. [11] *Om.* B.
[12] °āratā, P. Pa. [13] kho, B. [14] *Om.* C. M.
[15] evameva, C. [16] °carissatīti, C. Pa.; °caratīti, B.
[17] kiṃ, *om.* B. C. D. E. [18] kiṃ, *om.* B. C.
[19] buddhasayhaṃ sāhinaṃ, D. E.; buddhasayhasāhinaṃ, P.; C. *is corrupt here.* [20] tathā, P.; *om.* B. Pa.
[21] pārañg°, B. [22] mahesiṃ, M.; mahesi, *the other MSS.*
[23] naṃ, D. E. [24] vasīmaṃ, D. E.
[25] visant°, C.; vessant°, B. M. Aa.; vesant°, P. Pa.
[26] muniṃ, M.; muni, D. Pa.; mūni, B.; munī, C.; muṇī, E.; puni, P.
[27] °dhāriṃ, D. E. M.; °dhāri, B. C. P. Pa.

mānaṃjahaṃ [1] brūmi [2] jarāya pāraguṃ [3] ||

Sele [4] yathā pabbatamuddhani-ṭṭhito [5]
yathā pi passe janataṃ samantato |
tathūpamaṃ dhammamayaṃ [6] sumedho [7]
pāsādam-āruyha [8] samantacakkhu [9] |
sokāvatiṇṇaṃ [10] janataṃ [11] apetasoko
avekkhati [12] jātijarābhibhūtan-ti ||
Ayam-pi attho vutto bhagavatā iti me sutan-ti || 1 ||

39. (Duk. II. 2) Vuttaṃ hetaṃ bhagavatā vuttam-arahatā ti me sutaṃ. Tathāgatassa bhikkhave arahato sammāsambuddhassa dve dhamma-d e s a n ā pariyāyena bhavanti. Katamā dve? Pāpaṃ pāpakato [13] passathā-ti [14] ayaṃ paṭhamā dhammadesanā. Pāpaṃ pāpakato [13] disvā tattha nibbindatha virajjatha [15] vimuccathā-ti ayaṃ dutiyā dhammadesanā. Tathāgatassa bhikkhave arahato sammāsambuddhassa imā dve dhammadesanā pariyāyena bhavantiti. Etam-atthaṃ bhagavā avoca, tatthetaṃ iti vuccati:

Tathāgatassa buddhassa
sabbabhūtānukampino |
pariyāya [16]-vacanaṃ passa [17]
dve ca dhammā pakāsitā.

---

[1] māra°, P. Pa.; mārañca (*sic!*) Aa.; mājahaṃ, D. E.
[2] brūha, D. E.
[3] pāraguṃ, C. M.; °gu, B.; °gaṃ, D. E.; pāraṅguti, P.; pāraṅgati, Pa. *The same two pādas occur also in sutta* 46. [4] selo, C. D. E. [5] °ṭhito, B. P. Pa.
[6] dhammavaraṃ, C. [7] sumedha, B. M. P. [8] ārūyha, B.
[9] °cakkhū, B. E. M.; cakkhuṃ, C. [10] °kiṇṇaṃ, D. E.
[11] janatam-ap°, D. E. M. P. Pa.; janataṃ mapetaṃ soko, C.
[12] apekkhati, D. E. *The third gāthā* (Selo yathā, *etc.*) *occurs also Brahma-Saṃyutta* I. 9.
[13] pāpato, D. E. [14] sampass°, B. [15] *Om*. D. E.
[16] pariyāyena, P. Pa.
[17] passa, C. P. Pa. M. A.; cassa, D. E.; yassa. B.

Pāpakaṃ passatha cekaṃ [1]
tattha cāpi virajjatha |
tato virattacittāse [2]
dukkhassantaṃ karissathā[3]-ti ||

Ayam-pi attho vutto bhagavatā iti me sutan-ti || 8 ||

40. (Duk. II. 3) Vuttaṃ hetaṃ bhagavatā vuttam-arahatā ti me sutaṃ. Avijjā bhikkhave pubbaṅgamā [4] akusalānaṃ dhammānaṃ samāpattiyā, anvad-eva [5] ahirikaṃ anottappaṃ. Vijjā ca kho bhikkhave pubbaṅgamā kusalānaṃ dhammānaṃ samāpattiyā, anvad-eva hirottappan-ti. Etam-atthaṃ bhagavā avoca, tatthetaṃ iti vuccati:

Yā kāci-mā duggatiyo
asmiṃ loke paramhi ca |
avijjāmūlakā sabbā
icchālobhasamussayā [6] ||

Yato ca hoti pāpiccho
ahirīko [7] anādaro |
tato pāpaṃ pasavati
apāyaṃ tena [8] gacchati ||

Tasmā chandañca [9] lobhañca [10]
avijjañca [11] virājayaṃ [12] |
vijjaṃ uppādayaṃ [13] bhikkhu
sabbā duggatiyo jahe ti ||

---

[1] cekaṃ, M.; cekā, P. Pa.; chekā, D. E.; cetaṃ, B. C.
[2] viratacittāya, D. E.; tathevarattacittāse, Pa.; tatthevarattha°, P.
[3] kariyathāti, B. *The first half of the first gāthā occurs also Devatā-Saṃyutta* 4, 5. [4] °gamānaṃ, D. E.
[5] *See E. Müller, Pāli Gramm., p.* 63.
[6] icchālokasamussayaṃ, D. E.
[7] ahirīko, C.; ahīriko, M.; ahiriko, B. D. E. Pa.
[8] apāyantena, B. C. M. [9] candhā, C.; icchañca, D. E. Aa.
[10] lokañca, D. E. [11] avijjāca, C. P. Pa.
[12] virājiyaṃ, B. C. [13] upādayaṃ, M.; upādiyaṃ, C.

Ayam-pi attho vutto bhagavatā iti me sutan-ti|| 3
Paṭhamabhāṇavāraṃ.

41. (Duk. II. 4) Vuttaṃ hetaṃ bhagavatā vuttam-arahatā ti me sutaṃ. Te bhikkhave sattā suparihīnā ye ariyāya paññāya parihīnā: te diṭṭhe ceva[1] dhamme dukkhaṃ viharanti,[2] savighātaṃ saupāyāsaṃ sapariḷāhaṃ, kāyassa bhedā param-maraṇā duggati[3] pāṭikaṅkhā. Te bhikkhave sattā aparihīnā[4] ye ariyāya paññāya aparihīnā: te diṭṭhe ceva[1] dhamme sukhaṃ viharanti, avighātaṃ anupāyāsaṃ apariḷāhaṃ, kāyassa[5] bhedā param-maraṇā sugati[6] pāṭikaṅkhā ti. Etam-atthaṃ bhagavā avoca, tatthetaṃ iti vuccati:[5]

Paññāya parihānena[7]
passa lokaṃ sadevakaṃ |
niviṭṭhaṃ nāmarūpasmiṃ
idaṃ saccan-ti[8] maññati||

Paññā hi seṭṭhā[9] lokasmiṃ
yāyaṃ nibbedhagāminī[10] |
yā ca sammā[11] pajānāti
jātibhavaparikkhayaṃ||

Tesaṃ devā[12] manussā ca[13]
sambuddhānaṃ satīmataṃ[14] |

---

[1] diṭṭheva, M.; *cp. sutt.* 29.
[2] B. *adds* ca.
[3] °tiṃ, B.; suggati, D. E.
[4] parihīnā, B.
[5] kāyassa . . . vuccati *om.* D. E.
[6] suggatiṃ, B.
[7] parihīnena, C.; °hinena, P. Pa.
[8] vuccanti, C.
[9] seṭṭha, C.; seṭṭhaṃ, B.
[10] °ī, D. E. M.; °i, B. C. P. Pa.
[11] *I follow* M. *and* A.; M. *has* yāya sammā; A. *has* yā ca *and* sammā aviparītaṃ jānāti; C. *has* yā ca yasmā; *the other MSS. have* sā ca yasmā.
[12] deva, D. E. Pa.
[13] vā, B.; vi, P.; manussānañca, Pa.
[14] sati°, B. P. Pa.

pihayanti sapaññānaṃ [1]
sarīrantimadhārinan-ti [2] ||
Ayam-pi attho vutto bhagavatā iti me sutan-ti || 4 ||

42. (Duk. II. 5) Vuttaṃ hetaṃ bhagavatā vuttam-arahatā ti me sutaṃ. Dve-me bhikkhave sukkā d h a m m ā lokaṃ pālenti. Katame dve [3]? Hiri ca ottappañca. Ime ce [4] bhikkhave dve [5] sukkā dhammā lokaṃ na pāleyyuṃ, nayidha [6] paññāyetha mātā ti vā mātucchā ti vā mātulānīti vā ācariyabhariyā ti vā garūnaṃ [7] dārā ti vā,[8] sambhedaṃ loko agamissa [9] yathā ajeḷakā [10] kukkuṭasūkarā sonasiṅgālā.[11] Yasmā ca [12] kho bhikkhave ime dve sukkā dhammā lokaṃ pālenti, tasmā paññāyati [13] mātā ti vā mātucchā ti vā mātulānīti vā ācariyabhariyā ti vā garūnaṃ [7] dārā ti vā ti. Etam-atthaṃ bhagavā avoca, tatthetaṃ iti vuccati:

Yesaṃ ce [14] hiriottappaṃ
sabbadācana vijjati |
vokkantā [15] sukkamūlā te
jātimaraṇagāmino ||

Yesañca [16] hiriottappaṃ
sadā sammā [17] upaṭṭhitā |

---

[1] pihayanti supaññānaṃ, D. E.; *all other MSS., including A, have* pihanti hāsapaññānaṃ ; A. *explains* . . . nibbānasacchikiriyā hāsavedatuṭṭhipāmojjabahuḷatāya hāsapaññānaṃ ; pihantiha *seems to be an old corruption of* pihayanti.
[2] sariyantimasārīranti, B.; A. *has* antimasarīradhārinaṃ. [3] C. *adds* dhamme.
[4] ce, B. Pa.; se, P.; dve, C. M.; *om.* D. E.
[5] *Om.* M. [6] na idha, D. E. [7] gurunaṃ, P. Pa.
[8] vā ti, C. [9] agamissa, D. E. M.; āgamissati, B. C. P. Pa.
[10] yathājeḷakā, B.; yathā ajelakā, C. D. E.
[11] sona, C.; ṇ, D. E. P. Pa.; soṇā vā, B.; sigāla, E. Pa.
[12] *Om.* C. [13] saññ°, C.; paññāyetha, D. E. [14] ve, C.
[15] vokkantaṃ, P.; vokkamanti, Pa. [16] °ce M.
[17] dhammā, C. P. Pa.

virūḷhabrahmacariyā
te santo khīṇapunabbhavā ti [1] ||
Ayam-pi attho vutto bhagavatā iti me sutan-ti || 5 ||

43. (Duk. II. 6) Vuttaṃ hetaṃ bhagavatā vuttam-arahatā ti me sutaṃ. Atthi bhikkhave a j ā t a ṃ abbhūtaṃ akataṃ asaṅkhataṃ. No ce taṃ bhikkhave abhavissa [2] ajātaṃ abbhūtaṃ akataṃ asaṅkhataṃ, nayidha jātassa [3] bhūtassa katassa saṅkhatassa nissaraṇaṃ paññāyetha. Yasmā ca kho bhikkhave atthi ajātaṃ abbhūtaṃ akataṃ asaṅkhataṃ, tasmā jātassa bhūtassa katassa saṅkhatassa nissaraṇaṃ paññāyethā-ti.[4] Etam-atthaṃ bhagavā avoca, tatthetaṃ iti vuccati :

Jātaṃ bhūtaṃ samuppannaṃ
kataṃ saṅkhatam-addhuvaṃ [5] |
jarāmaraṇasaṅkhataṃ
roganiḷaṃ [6] pabhaṅguṇaṃ |
āhāranettippabhavaṃ [7]
nālaṃ tad-abhinandituṃ ||

Tassa nissaraṇaṃ santaṃ
atakkāvacaraṃ [8] dhuvaṃ [9] |
ajātaṃ asamuppannaṃ
asokaṃ virajaṃ padaṃ [10] |

---

[1] *This is the reading of* A. *and of* D. E. P. Pa. (khaṇa°, D. E.) ; B. C. M. *have* tesaṃ khīṇā punabbhavā ti.
[2] abhavissā, B. [3] nayidhammajātassa, D. E.
[4] paññāyatīti, M. [5] andhuvaṃ, C. ; adhūvaṃ, B.
[6] °niḷaṃ, M. ; °niḍaṃ, C. ; °niddaṃ, P. Pa. *and* A. ; °niddhaṃ, B. ; voganindaṃ, D. E. (*also the preceding words are corrupt in* D. E.) ; A. *has* akkhirogādīnaṃ anekesam rogādīnaṃ pulavakan-ti (*sic !*) roganidda (*sic !*) ; *cp. Dhp. gāth.*, 148 ; *Child. Dict. s. v.* niddhaṃ.
[7] āhārenetti°, C. ; āhārenetthi°, B. ; āhāranettippabhavanaṃ, D. E.
[8] atakkarajaraṃ, C. [9] paraṃ, D. E. [10] pajaṃ, C.

nirodho dukkhadhammānaṃ
saṅkhārūpasamo sukho ti ||
Ayam-pi attho vutto bhagavatā iti me sutan-ti || 6 ||

44. (Duk. II. 7) Vuttaṃ hetaṃ bhagavatā vuttam-arahatā ti me sutaṃ. Dve-mā bhikkhave nibbānadhātuyo. Katamā dve? Saupādisesā ca[1] nibbānadhātu anupādisesā ca[2] nibbānadhātu. Katamā[3] bhikkhave saupādisesā nibbānadhātu? Idha bhikkhave bhikkhu arahaṃ hoti khīṇāsavo vusitavā katakaraṇīyo ohitabhāro anuppattasadattho[4] parikkhīṇabhavasaṃyojano[5] sammadaññāvimutto. Tassa tiṭṭhanteva pañcindriyāni yesaṃ avighātattā[6] manāpāmanāpaṃ paccanubhoti, sukhadukkhaṃ paṭisaṃvediyati.[7] Tassa yo[8] rāgakkhayo dosakkhayo mohakkhayo, ayaṃ vuccati bhikkhave saupādisesā nibbānadhātu. Katamā ca bhikkhave anupādisesā nibbānadhātu? Idha bhikkhave bhikkhu arahaṃ hoti khīṇāsavo vusitavā katakaraṇīyo ohitabhāro anuppattasadattho[9] parikkhīṇabhavasaṃyojano sammadaññāvimutto. Tassa idheva bhikkhave sabbavedayitāni[10] anabhinanditāni sītibhavissanti,[11] ayaṃ vuccati bhikkhave anupādisesā nibbānadhātu. Imā kho bhikkhave dve nibbānadhātuyo ti. Etam-atthaṃ bhagavā avoca, tatthetaṃ iti vuccati:

Duve imā[12] cakkhumatā pakāsitā
nibbānadhātū[13] anissitena tādinā |
ekā hi dhātu[14] idha diṭṭhadhammikā
saupādisesā bhavanettisaṅkhayā |

---

[1] *Om.* D. E. Pa. [2] *Om.* D. E. [3] B. M. *add* ca.
[4] °padattho B. [5] °saññ° B. C. M.
[6] °tthā C. P., avigata°, P. Pa.
[7] °iyāti, D. E.; °vedeti, M. Aa.
[8] yo C. M. P. (Pa. *has* royāgakkhayo) *and* A.; kho, B.; *om.* D. E. [9] °padattho, B.
[10] devayitāni (*without* sabba), B. [11] sirī°, D. E.
[12] duve imā, M.; dve imā, B. C. P. Pa.; dvemā, D. E.
[13] °ū, M.; °u, *the other MSS.* [14] °ū, M.

anupādisesā pana samparāyikā [1]
yamhi nirujjhanti bhavāni [2] sabbaso.

Ye etad-aññāya padaṃ asaṅkhataṃ
vimuttacittā [3] bhavanettisaṅkhayā |
te [4] dhammasārādhigamā [5] khaye ratā [5]
pahaṃsu [6] te sabbabhavāni tādino ti ||
Ayam-pi attho vutto bhagavatā iti me sutan-ti || 7 ||

45. (Duk. II. 8) Vuttaṃ hetaṃ bhagavatā vuttam-arahatā ti me sutaṃ. Paṭisallānārāmā bhikkhave viharatha paṭisallānaratā,[7] ajjhattaṃ cetosamatham-anuyuttā [8] anirākatajjhānā [9] vipassanāya samannāgatā brūhetā [10] suññāgārānaṃ.[11] Paṭisallānārāmānaṃ bhikkhave viharataṃ [12] paṭisallānaratānaṃ ajjhattaṃ cetosamatham-anuyuttānaṃ anirākatajjhānānaṃ [13] vipassanāya samannāgatānaṃ brūhetānaṃ [14] suññāgārānaṃ dvinnaṃ phalānaṃ aññataraṃ phalaṃ pāṭikaṅkhaṃ, diṭṭhe-va [15] dhamme aññā, sati vā upādisese [16] anāgāmitā ti. Etam-atthaṃ bhagavā avoca, tatthetaṃ iti vuccati:

Ye santacittā nipakā
satimanto ca jhāyino |

---

[1] °āyikamhi, D. E.
[2] kavāni, C.
[3] vimutta°, M. A.; vimutti°, *the other MSS.*
[4] ete, C.
[5] *The correct reading only in* M. *and* A.; dhamma, B. C. Pa.; °sārādhigamakkhaye, Pa.; °cārādhigamakkh°, P.; °sārādhitamakkh°, D. E.; °sārādhikammakkhareyatā, B.; sārathikammakkhaye rathā, C.
[6] pajahiṃsu, P. Pa.
[7] °ratānaṃ, C.
[8] cet° anuy° anirāgatamanuyuttā, Pa.; anirāgamanuyuttā, C.
[9] °jjhānānaṃ, B.; aniyākatajhānā, C.
[10] brūhetā, C. M. P. Pa. (*for* brūhetāro *which occurs several times in* A.); brūhetānaṃ, B.; brūhitu, D. E.
[11] suññakarānaṃ, C.
[12] viharatha, B. C.
[13] ariyākata°, B.; nirākata°, P. Pa.
[14] brūhetā, P. Pa.
[15] ceva, B.
[16] °sesā, D. E.

sammā dhammaṃ vipassanti
kāmesu anapekkhino [1] ||

Appamādaratā santā
pamāde bhayadassino |
abhabbā parihānāya
nibbānasseva santike ti || [2]

Ayam-pi attho vutto bhagavatā iti me sutan-ti || 8 ||

46. (Duk. II. 9) Vuttaṃ hetaṃ bhagavatā vuttam-arahatā ti me sutaṃ. Sikkhānisaṃsā bhikkhave viharatha, paññuttarā vimuttisārā [3] satādhipateyyā. Sikkhānisaṃsānaṃ bhikkhave viharataṃ paññuttarānaṃ vimuttisārānaṃ [4] satādhipateyyānaṃ dvinnaṃ phalānaṃ aññataraṃ phalaṃ pāṭikaṅkhaṃ: diṭṭhe-va dhamme aññā, sati vā upādisese [5] anāgāmitā ti. Etam-atthaṃ bhagavā avoca, tatthetaṃ iti vuccati:

Paripuṇṇasekhaṃ apahānadhammaṃ [6]
paññuttaraṃ jātikhayantadassiṃ [7]
taṃ [7] ve muniṃ [8] antimadehadhāriṃ [9]
mānaṃjahaṃ [10] brūmi jarāya pāraguṃ || [11]

Tasmā sadā [12] jhānaratā samāhitā

---

[1] anup°, B.; anipekkhano, D. E.

[2] *The second gāthā, with slight variations, occurs also Dhp. gāth.* 32. [3] vimuttiharā, B.; °yāra, C.

[4] °harānaṃ, B.; C. *has* vim° *after* satādhip°. [5] °sesā, B.

[6] apahāna°, M. P.; appahāna°, A.; asahāna°, D. E.; pahāna°, B. C.; A. *has* pahānadhammo kuppadhammo . . . akuppadhammo appahānadhammo; *the metre is in favour of* apahāna°, *see also* jātikhaya° *in the same verse.*

[7] °dassiṃ, M.; °i, *the other MSS.*; dassitaṃ | ve, B.; dassitaṃ sa vo, C. [8] muniṃ, M.; °i *the other MSS.*

[9] °dhāriṃ, M.; °i *the other MSS.*

[10] °tahaṃ, D. E.; mānajahaṃ, P. Pa.

[11] °gaṃ, D. E. *The last two pādas occur also in sutta* 38.

[12] tasmā ratā jh°, D. E.; sadā jjh°, B.

ātāpino jātikkhayantadassino |
māraṃ sasenaṃ abhibhuyya [1] bhikkhavo [2]
bhavatha [3] jātimaraṇassa pāragā ti||
Ayam-pi attho vutto bhagavatā iti me sutan-ti || 9 ||

47. (Duk. II. 10) Vuttaṃ hetaṃ bhagavatā vuttam-arahatā ti me sutaṃ. **Jāgaro** cassa [4] bhikkhave bhikkhu vihareyya sato [5] sampajāno samāhito pamudito [6] vippasanno [7] ca tattha kālavipassī [8] ca kusalesu dhammesu. Jāgarassa bhikkhave bhikkhuno viharato satassa sampajānassa samāhitassa pamuditassa [9] vippasannassa [10] tattha kālavipassino kusalesu dhammesu dvinnaṃ phalānaṃ aññataraṃ phalaṃ pāṭikaṅkhaṃ: diṭṭhe-va dhamme aññā, sati vā upādisese [11] anāgāmitā ti. Etam-atthaṃ bhagavā avoca, tatthetaṃ iti vuccati:

Jāgarantā suṇāth-etaṃ [12]
ye suttā te pabujjhatha [13] |
suttā [14] jāgaritaṃ seyyo [15]
natthi jāgarato bhayaṃ||

---

[1] °bhūyya, B. P. [2] °ve, D. E. Pa.
[3] bhavatha, B. D. E. *and* A.; avatha, P. Pa.; bhavetha, C.; bhavatta, M.; bhavetha *would suit the metre.*
[4] cassa, B. M. P. *and* A (casaddo sampiṇḍanattho . . . assā-ti siyā bhaveyya), casatassa, C. Pa.; passa, D. E. A *mentions as another reading* Jāgaro va bhikkhu vihareyyā-ti, *which is in strict accordance with the following* Jāgarassa . . . viharato; *after* vippasanno A. *has* . . . assā-tisambandho vihareyyā-ti vā.
[5] yato, C. [6] ca mudito, B.; samudito pāmojjabahulo, A.
[7] vipassanno, C.; vipassano, D. E. [8] kāyavipassi, B. Pa.
[9] samuditassa, C.; muditāya, B.
[10] vipassannassa, C.; vipassanassa, D. E. [11] °sesā, B.
[12] suṇāyesaṃ, B.; jāgaranto sukāyetaṃ, C.
[13] te pab°, M. P. Pa., *and* Aa; te ca b°, D. E.; te samb°, B. C. (C. *om.* te). [14] sutta, B. C.
[15] jāgaratasseyyo, D. E.; jāgariyaṃ, P. Pa.

Yo jāgaro ca satimā sampajāno
samāhito mudito[1] vippasanno[2] ca[3] |
kālena so sammā dhammaṃ parivīmaṃsamāno[4]
ekodibhūto[5] vihane tamaṃ so ||

Tasmā have jāgariyaṃ bhajetha
ātāpī[6] bhikkhu nipako jhānalābhī[7] |
saṃyojanaṃ jātijarāya chetvā
idheva sambodhim[8]-anuttaraṃ phuse ti ||

Ayam-pi attho vutto bhagavatā iti me sutan-ti || 10 ||

48. (Duk. II. 11) Vuttaṃ hetaṃ bhagavatā vuttam-arahatā ti me sutaṃ. Dve-me bhikkhave **apāyikā**[9] nerayikā idam-appahāya.[10] Katame dve? Yo abrahmacārī[11] brahmacārī[12] paṭiñño, yo ca paripuṇṇaṃ parisuddhaṃ brahmacariyaṃ carantaṃ amūlakena abrahmacariyena anuddhaṃseti. Ime kho bhikkhave dve[13] apāyikā[9] nerayikā idam-appahāyā[10]-ti. Etam-atthaṃ bhagavā avoca, tatthetaṃ iti vuccati:

Abhūtavādī nirayaṃ upeti
yo vāpi[14] katvā na karomi cāha[15] |

---

[1] mudita, P.; *om.* Pa.

[2] vippass°, Pa.; avippass°, P.; vipass°, C.; vipassī, D. E.

[3] ca *om.* D. E.

[4] parissamaṃs°, C.

[5] ekodhi°, B. C.; ekovi°, D. E.—*The metre of the second gātha is irregular; I follow* M.; B. *marks* Yo jāgaro . . . dhammaṃ *as four anushṭubh pādas, the other MSS. have no punctuation.*

[6] °i *all MSS.*

[7] °i, D. M.; °i, *the other MSS.*

[8] °bodhi, B.

[9] āpāyikā, M.

[10] idapp°, D. E.; idhamapp°, B.

[11] °i, P. Pa.; *om.* B. C.

[12] °i, M.; °i, B. C. P. Pa; *om.* D. E.

[13] *Om.* C.—*The following three gāthās occur also Dhp. gāth.* 306–308.

[14] cāpi, P. Pa.

[15] na karomi cāha, M.; na karomīti cāhaṃ, P. Pa; °vāha, D. E.; karomi (*without* na) tiha, C.; na karomi hi āha, B.; A. *has* yo vā pana pāpakammaṃ katvā nāhaṃ etaṃ karomīti āha. *See Fausböll, Dhp. p.* 394.

ubho pi te pecca[1] samā bhavanti
nihīnakammā manujā parattha.

kāsāvakaṇṭhā bahavo
pāpadhammā asaññatā |
pāpā pāpehi kammehi
nirayan-te upapajjare ||

Seyyo ayoguḷo[2] bhutto
tatto[3] aggisikhūpamo |
yañce[4] bhuñjeyya dussīlo
raṭṭhapiṇḍaṃ asaññato ti.

Ayam-pi attho vutto bhagavatā iti me sutan-ti.

49. (Duk. II. 12) Vuttaṃ hetaṃ bhagavatā vuttamarahatā ti me sutaṃ. Dvīhi bhikkhave d i ṭ ṭ h i-gatehi pariyuṭṭhitā devamanussā oliyanti[5] eke atidhāvanti[6] eke[6] cakkhumanto ca[6] passanti. Kathañca bhikkhave oliyanti[7] eke? Bhavārāmā[8] bhikkhave devamanussā bhavaratā bhavasammuditā[9], tesaṃ bhavanirodhāya dhamme desiyamāne cittaṃ[10] na[10] pakkhandati[11] na pasīdati[12] na santiṭṭhati nādhimuccati,[13] evaṃ kho bhikkhave oliyanti[14] eke. Kathañca bhikkhave atidhāvanti[15] eke? Bhaveneva kho paneke aṭṭiyamānā[16] harāyamānā[17] jigucchamānā[18] vibhavaṃ

---

1 pacca, B. C. P. Pa. 2 °gulo, D. E.; ayyoguḷho, B.
3 attho, C. 4 yañca, C.—*The last gāthā occurs also sutt.* 91.
5 olīy°, E. Aa. 6 *om.* D. E. 7 olīy°, C. E.
8 bhavarāmā, B. D. E. M. 9 °samuditā, B.
10 na cittaṃ, M. 11 °ndhati, C. Aa.
12 na sampasīdati, D. E.; nappasideti, Pa.; *om.* C.
13 °muñcati, B. P. Pa.
14 olīy°, E.—*In* Pa. *a large piece is left out here* (*from* kho bhikkhave *to* arūpadhātu *in sutt.* 51).
15 abhibhavanti, B.
16 *For* aṭṭiyati *see Journ. P. T. S.*, 1886, *p.* 104; atthiyamānā ti (*sic!*) . . . pīliyamānā, A.
17 A *explains* harāy° *by* lajjamānā.
18 jikucch°, B.; jikuñc°, P; jigucchayamānā, D. E.

abhinandanti. Yato kira bho ayaṃ attho[1] kāyassa bhedā param-maraṇā ucchijjati vinassati na hoti param-maraṇā, etaṃ santaṃ etaṃ paṇītaṃ[2] etaṃ yathāvan-ti,[3] evaṃ kho bhikkhave atidhāvanti eke. Kathañca bhikkhave cakkhumanto passanti? Idha bhikkhu bhūtaṃ bhūtato passati, bhūtaṃ[4] bhūtato disvā bhūtassa nibbidāya virāgāya nirodhāya paṭipanno hoti, evaṃ kho bhikkhave cakkhumanto[5] passantīti. Etam-atthaṃ bhagavā avoca, tatthetaṃ iti vuccati:

Yo[6] bhūtaṃ bhūtato disvā
bhūtassa ca atikkamaṃ |
yathābhūte[7] vimuccanti
bhavataṇhāparikkhayā ||

Sace[8] bhūtapariñño so[9]
vītataṇho[10] bhavābhave |
bhūtassa vibhavā bhikkhu
nāgacchati[11] punabbhavan-ti ||

Ayam-pi attho vutto bhagavatā iti me sutan-ti 12 ||[12]

Dukanipātaṃ niṭṭhitaṃ.

Tassuddānaṃ:

Dve indriyā (28, 29) dve tapanīyā (30, 31)
sīlena apare[13] duve (32, 33) |
anottappī[14] (34) kuhanā dve[15] ca[15] (35, 36)

---

[1] atthā, M.; attā, D. E. [2] paṇi°, C. Aa.
[3] etaṃ yathāvanti, D.; yāthāvanti, E. M.; yathā etaṃ ca dhāvanti, P.; yathā ca etaṃ dhāvanti, C.; °atidhāvanti, B.
[4] *Om.* C. D. E. P. [5] C. M. P. *add* ca; B. *adds* va.
[6] yo, M. [7] yathābhūtaṃ, D. E.
[8] save, M.; bhave, D. E.; A *has* sace ti nipātamattaṃ.
[9] yo, Aa; °pariññā yo, C.; °pariyoso, D. E.
[10] vigatataṇho, D. E. [11] nāgacchanti, C.
[12] *The final sentence only in* M. [13] apareṇa, D. E.
[14] anottāpi, B. D. E. P.; °ī, M. [15] ceva, C.

saṃvejanīyena (37) te dasa[1]

vitakkā[2] (38) desanā (39) vijjā[3] (40)

paññā (41) dhammena (42) pañcamaṃ |

ajātaṃ (43) dhātu (44) sallānaṃ (45)

sikkhā (46) jāgariyena ca (47) |

apāya (48) diṭṭhiyā ceva (49)

bāvīsati pakāsitā ti ||

[Tikanipāto.]

50. (Tik. I. 1) Vuttaṃ hetaṃ bhagavatā vuttam-arahatā ti me sutaṃ. Tīṇi[4]-māni bhikkhave akusalamūlāni. Katamāni tīṇi[4]? Lobho akusalamūlaṃ, doso akusalamūlaṃ, moho akusalamūlaṃ, imāni kho bhikkhave tīṇi[5] akusalamūlāniti. Etam-atthaṃ bhagavā avoca, tatthetaṃ iti vuccati:[6]

Lobho doso ca moho ca
purisaṃ[7] pāpacetasaṃ |
hiṃsanti attasambhūtā[8]
tacasāraṃ va samphalan[9]-ti ||

Ayam-pi attho vutto bhagavatā iti me sutan-ti || 1 ||[6]

51. (Tik. I. 2) [10]Vuttaṃ hetaṃ bhagavatā vuttam-arahatā ti me suttaṃ. Tisso imā bhikkhave dhātuyo. Katamā tisso? Rūpadhātu arūpadhātu nirodhadhātu, imā[11] kho bhikkhave tisso dhātuyo ti. Etam-atthaṃ bhagavā avoca, tatthetaṃ iti vuccati:

Rūpadhātupariññāya
arūpesu asaṇṭhitā |

---

[1] terasa, B. C. P. [2] vitakka, D. E. [3] visajjā, B.
[4] tīni, C. E. [5] tīni, E.
[6] *The formulas* Etam-atthaṃ *and* Ayam-pi *only in* M.; D. E. *has* —pe—. *The same gāthā occurs in the Kosala-saṃyutta* I. 2 (*ed. Feer p.* 70) *and* III. 3 (*ibid. p.* 98).
[7] pūrisaṃ, B. [8] atthasambh°, B.
[9] samphalan-ti, E. M. *and Kos.-s.*; saphal°, B. D. P.; sabalan-ti, C.
[10] *The formulas* Vuttaṃ hetaṃ, Etam-atthaṃ, Ayam-pi *only in* M. [11] ime, B. C.

nirodhe ye vimuccanti [1]
te janā maccuhāyino [2] ||

Kāyena amataṃ dhātuṃ
phassayitvā [3] nirūpadhiṃ [4] |
upadhippaṭinissaggaṃ [5]
sacchikatvā [6] anāsavo |
deseti sammāsambuddho
asokaṃ virajaṃ padan-ti ||

Ayam-pi attho vutto bhagavatā iti me sutan-ti || 2 ||

52 (Tik. I. 3) Vuttaṃ hetaṃ bhagavatā vuttam-arahatā ti me sutaṃ. Tisso imā bhikkhave vedanā. Katamā [7] tisso? Sukhā [8] vedanā dukkhā [9] vedanā adukkhamasukhā [10] vedanā. Imā kho bhikkhave tisso vedanā ti. Etam-atthaṃ bhagavā avoca, tatthetaṃ iti vuccati:

Samāhito sampajāno
sato buddhassa sāvako |
vedanā ca pajānāti
vedanānañca sambhavaṃ ||

yattha [11] cetā [12] nirujjhanti
maggañca khayagāminaṃ |
vedanānaṃ khayā bhikkhu
nicchāto [13] parinibbuto ti ||

Ayam-pi attho vutto bhagavatā iti me sutan-ti || 3 ||

---

[1] vimuñcanti, B. [2] °hāyino ti, B. C.
[3] phassayitvā, P.; phuss°, B. *and* Aa.; phusayitvā, M.; pass°, C. D. E. [4] nirūpadhiṃ, D. E. M.; °dhi, B. C. P. Pa.
[5] upadhipp°, M.; *the other MSS. only one* p; D. E. *omit* upadhi.
[6] °katvāna, B.; acaletvā, Pa. *The same gāthās in sutt.* 73.
[7] Katame, C. [8] sukha, B. D. E. P. Pa.
[9] dukkha, B. D. E. P.; *om.* Pa. [10] °kha, Pa.
[11] yatta, B. Pa. [12] cittā, C.
[13] nijjhāto, C.; *for* nicchāto (*i.e.* nittaṇho, A.) *cp.* chāto "*hungry*" *in Child. Dict. For the same gāthās cp. sutt.* 54 *and* 56.

58. (Tik. I. 4) Vuttaṃ hetaṃ bhagavatā vuttam-arahatā ti me sutaṃ. Tisso imā bhikkhave vedanā. Katamā[1] tisso? Sukhā[2] vedanā dukkhā[2] vedanā adukkhamasukhā vedanā.[3] Sukhā bhikkhave[4] vedanā dukkhato daṭṭhabbā, dukkhā vedanā sallato daṭṭhabbā, adukkhamasukhā vedanā aniccato daṭṭhabbā. Yato kho[5] bhikkhave bhikkhuno sukhā[6] vedanā dukkhato diṭṭhā hoti, dukkhā[7] vedanā sallato diṭṭhā hoti, adukkhamasukhā vedanā aniccato diṭṭhā hoti, ayaṃ[8] vuccati bhikkhave bhikkhu ariyo sammaddaso,[9] acchejji[10] taṇhaṃ[11] vivattayi[12] saṃyojanaṃ, sammāmānābhisamayā[13] antam-akāsi dukkhassā-ti. Etam-atthaṃ bhagavā avoca, tatthetaṃ iti vuccati:

Yo sukhaṃ dukkhato dakkhi[14]
dukkham-addakkhi[15] sallato |
adukkhamasukhaṃ santaṃ[16]
addakkhi naṃ[17] aniccato ||

sa ve[18] sammaddaso[19] bhikkhu
yato tattha vimuccati |
abhiññāvosito[20] santo
sa ve[21] yogātigo[22] munīti ||

Ayam-pi attho vutto bhagavatā iti me sutan-ti || 4 ||

---

[1] katame, C. [2] dukkhā . . . sukhā, C.
[3] vedanā ti, M. [4] *om.* C. [5] yato ca kho, D. E.
[6] sukha, B. [7] dukkha, Pa. [8] ayañca, C.
[9] *Cp. skr.* samyagdṛç; sammadaso, C. M. P. Pa.; samadd°, D. E. [10] acchejja, C.; acchecchi, D. E.; acchanti, B.
[11] taṇhā, B. C. [12] vitattayi, P.; vijjayi, Pa.
[13] samaddaso sammām°, D. E.
[14] dassikkhi, P.; adassi, Pa.; adda, D. E.
[15] addhakkhi, P. [16] santattaṃ, Pa.
[17] adakkhi, M.; addakkhiṇaṃ, D. E.; adakkhīṇaṃ, C.
[18] ve, D. M.; ce, B. C. E. P. Pa. [19] sammadaso, C.
[20] °vesito, C.; °tosato, B.; °pariyosito, P. Pa.
[21] sa ce, B. C.; satha, P.; *om.* Pa.
[22] yogātigo, B. M. P.; °ātiko, Pa.; °ātibho, B.; °ānito, D.; °atiso, E.; saṃgātiso, C.; saṃyato yatatto abhiññāpariyosito santo yogātiko munīti, Pa.—*The second gāthā occurs also in the sutt.* 72 *and* 85.

54. (Tik. I. 5) Vuttaṃ hetaṃ bhagavatā vuttam-arahatā ti me sutaṃ. Tisso imā bhikkhave e s a n ā. Katamā tisso? Kāmesanā bhavesanā brahmacariyesanā, imā kho bhikkhave tisso esanā ti. Etam-atthaṃ bhagavā avoca, tatthetaṃ iti vuccati:

Samāhito sampajāno
sato buddhassa sāvako |
esanā ca pajānāti
esanānañca sambhavaṃ |

yattha [1] etā nirujjhanti
maggañca khayagāminaṃ |
esanānaṃ khayā bhikkhu
nicchāto [2] parinibbuto ti ||

Ayam-pi attho vutto bhagavatā iti me sutan-ti || 5 ||

55. (Tik. I. 6) Vuttaṃ hetaṃ bhagavatā vuttam-arahatā ti me sutaṃ. Tisso imā bhikkhave e s a n ā. Katamā tisso? Kāmesanā bhavesanā brahmacariyesanā,[3] imā kho bhikkhave tisso esanā ti. Etam-atthaṃ bhagavā avoca, tatthetaṃ iti vuccati:

Kāmesanā bhavesanā
brahmacariyesanā saha |
itisaccaparāmāso [4]
diṭṭhiṭṭhānā [5] samussayā [6] ||

Sabbarāgavirattassa [7]
taṇhakkhayavimuttino [8] |

---

[1] yassa, D. E.
[2] nijjhāto, C.; nicchato ca, D. E. *For the same gāthās cp. sutt. 52 and 56.*
[3] °esanā saha, B. (*as in the first gāthā*).
[4] °saccaṃ°, D. E. P. Pa.
[5] B. C. *add* ca.
[6] samussanā, B. C.
[7] °ttāya, C.
[8] °vimuttino, D. E. P. Pa.; °vimuttito (*sic!*) arahato, A.; °vimuttiyā, B. C. M. (taṇhakkharā°, B.).

esanā paṭinissaṭṭhā[1]
diṭṭhiṭṭhānā[2] samūhatā[3] |
esanānaṃ khayā bhikkhu
nirāso[4] akathaṃkathī[5] ti ||
Ayam-pi attho vutto bhagavatā iti me sutan-ti || 6 ||

56. (Tik. I. 7) Vuttaṃ hetaṃ bhagavatā vuttam-arahatā ti me sutaṃ. Tayo me bhikkhave ā s a v ā. Katame tayo? Kāmāsavo bhavāsavo avijjāsavo, ime kho bhikkhave tayo āsavā ti. Etam-atthaṃ bhagavā avoca, tatthetaṃ iti vuccati:

Samāhito sampajāno
sato buddhassa[6] sāvako[6] |
āsave ca[7] pajānāti
āsavānañca[8] sambhavaṃ ||

yattha cetā nirujjhanti
maggañca[9] khayagāminaṃ |
āsavānaṃ khayā bhikkhu
nicchāto[10] parinibbuto ti ||
Ayam-pi attho vutto bhagavatā iti me sutan-ti || 7 ||

57. (Tik. I. 8) Vuttaṃ hetaṃ bhagavatā vuttam-arahatā ti me sutaṃ. Tayo me bhikkhave ā s a v ā. Katame tayo? Kāmāsavo bhavāsavo avijjāsavo, ime kho bhikkhave tayo āsavā ti. Etam-atthaṃ bhagavā avoca, tatthetaṃ iti vuccati:

Yassa kāmāsavo khīṇo

---

[1] °nissaggā, C.; °nisaggā, P. Pa [2] diṭṭhesanā, B. M.
[3] samuhitā, B. [4] nivāso, D. E.
[5] akataṃkathī, B. C. E. M.; °kati, P.
[6] sambuddhasāvako, C. [7] ce, C. Pa. [8] āsavānaca, C.
[9] maggañcassa, Pa.
[10] nijjhāto, C. *For the same gāthās cp. sutt. 52 and 54.*

avijjā ca [1] virājitā |
bhavāsavo [2] parikkhīṇo
vippamutto nirūpadhī [3] |
dhāreti [4] antimaṃ dehaṃ
jetvā māraṃ savāhanan-ti ||

Ayam-pi attho vutto bhagavatā iti me sutan-ti || 8 ||

58. (Tik. I. 9) Vuttaṃ hetaṃ bhagavatā vuttam-arahatā ti me sutaṃ. Tisso imā bhikkhave taṇhā. Katamā tisso? Kāmataṇhā bhavataṇhā vibhavataṇhā, imā [5] kho bhikkhave tisso taṇhā ti.[5] Etam-atthaṃ bhagavā avoca, tatthetaṃ iti vuccati:

Taṇhāyogena saṃyuttā
rattacittā bhavābhave |
te yogayuttā mārassa
ayogakkhemino [6] janā |
sattā gacchanti saṃsāraṃ
jātimaraṇagāmino ||

Ye ca taṇhaṃ pahantvāna [7]
vītataṇhā [8] bhavābhave |
te ca [9] pāraṃgatā [10] loke
ye pattā [11] āsavakkhayan-ti ||

Ayam-pi attho vutto bhagavatā iti me sutan-ti || 9 ||

59. (Tik. I. 10) Vuttaṃ hetaṃ bhagavatā vuttam-arahatā ti me sutaṃ. Tīhi bhikkhave dhammehi samannāgato

---

[1] va, P.; *om.* Pa. [2] bhavābhavo, D. E.
[3] nirūpadhi, B. C. D. E. M.; niruppadhi, Pa.; niyuppadhi, P.
[4] dhārenti, B. [5] imā . . . taṇhā ti *om.* B. C. P. Pa.
[6] °kkhemiyo, C.; °kkhemaye, B.
[7] pahantāna, M. P.; pahatvāna, D. E.
[8] vītataṇhā bhav°, D. E. P. Pa.; nittaṇhā ca bh°, C.; nītaṇhā, B. M. [9] te ve, D. E. P. Pa.
[10] pāraṃkatā, B.; pāragatā, D. E. [11] sattā, B. C. Pa.

bhikkhu atikkamma [1] m ā r a d h e y y a ṃ ādicco va virocati. Katamehi tīhi? Idha bhikkhave bhikkhu asekhena [2] sīlakkhandhena samannāgato hoti, asekhena [2] samādhikkhandhena samannāgato hoti, asekhena [2] paññakkhandhena [3] samannāgato hoti, imehi kho bhikkhave tīhi dhammehi samannāgato bhikkhu atikkamma [4] māradheyyaṃ ādicco va [5] virocatīti. Etam-atthaṃ bhagavā avoca, tatthetaṃ iti vuccati:

Sīlaṃ samādhi paññā ca
yassa ete subhāvitā [6] |
atikkamma [7] māradheyyaṃ
ādicco va virocatīti |
Ayam-pi attho vutto bhagavatā iti me sutan-ti [8] || 10 ||

Vaggo paṭhamo.

Uddānaṃ.

Mūladhātu [9] (50, 51) atha vedanā duve (52, 53)
esanā ca [10] duve (54, 55) āsavā [11] duve (56, 57) |
taṇhāto ca (58) atha māradheyyato [12] (59)
vaggam-āhu paṭhamantimuttaman-ti [13]

60. (Tik. II. 1) Vuttaṃ hetaṃ bhagavatā vuttam-arahatā ti me sutaṃ. Tīṇi-māni [14] bhikkhave p u ñ ñ a kiriyavatthūni. [15] Katamāni tīṇi? Dānamayaṃ puññakiriyavatthu [15] sīlamayaṃ puññakiriyavatthu [15] bhāvanāmayaṃ puññakiriyavatthu, [15] imāni kho bhikkhave tīṇi puññakiriyavatthūnīti. [15] Etam-atthaṃ bhagavā avoca, tatthetaṃ iti vuccati:

---

[1] atikkama, P. Pa. [2] asekkhena, D. E.
[3] paññākkh°, D. E. [4] atikkama, B. P. Pa. [5] ca va, B.
[6] sabh°, D. E.; subhāsitā, C. [7] atikkama, P. Pa.
[8] Ayam-pi° *only in* M. [9] mūlaṃdhātū, P.; *om.* Pa.
[10] ca *om.* D. E. [11] āsavā ca, B.
[12] māradheyyo, C.; raveyyato, D. E.
[13] °uttaman-ti, M.; *the other MSS. omit* ti; paṭhamantamuttamaṃ, D. E. [14] māni *om.* B.
[15] °kiriyā°, D. E.; °kriya, M.

Puññam-eva so sikkheyya [1]
āyataggaṃ sukhindriyaṃ [2] |
dānañca samacariyañca
mettacittañca bhāvaye |

Ete dhamme bhāvayitvā
tayo sukhasamuddaye [3] |
abyāpajjhaṃ sukhaṃ lokaṃ
paṇḍito upapajjatīti [4]

Ayam-pi attho vutto bhagavatā iti me sutan-ti || 1 ||

61. (Tik. II. 2) Vuttaṃ hetaṃ bhagavatā vuttam-arahatā ti me sutaṃ. Tīṇi-māni bhikkhave c a k k h ū n i. Katamāni tīṇi? Maṃsacakkhu dibbacakkhu paññācakkhu, imāni kho bhikkhave tīṇi cakkhūnīti. Etam-atthaṃ bhagavā avoca, tatthetaṃ iti vuccati : [5]

Maṃsacakkhu dibbacakkhu [6]
paññācakkhu [6] anuttaraṃ |
etāni tīṇi cakkhūni
akkhāsi purisuttamo [7] |

Maṃsacakkhussa [8] uppādo
maggo dibbassa cakkhuno |
yato ñāṇaṃ [9] udapādi
paññācakkhu [10] anuttaraṃ |
yassa cakkhussa paṭilābhā
sabbadukkhā pamuccatīti |

Ayam-pi attho vutto bhagavatā iti me sutan-ti [11] || 2 ||

---

[1] bhāveyya, C. Pa. (P. *has* sikkheyya).

[2] sukhundriyaṃ, D. E.

[3] °samuddaye, D. E. M.; °samudaye, P. Pa.; sukhadukkhindriyo, C.; °dukkhundriye, B.

[4] upapaccatīti, B.; upajjhagāti, Pa. *The same gāthās occur in sutt.* 22.

[5] Etaṃ . . . vuccati *om.* B. C. Pa. [6] °cakkhuṃ, P. Pa.

[7] pū°, B. [8] °cakkhuñca, C.

[9] yato ca, B.; sato ca, C.; yato ca ññāṇaṃ, Pa.; yato saññāṇaṃ, P. [10] °cakkhuṃ, B. C. [11] Ayam-pi° *only in* M.

62. (Tik. II. 3) Vuttaṃ hetaṃ bhagavatā vuttam-arahatā ti me sutaṃ. Tīṇi-māni bhikkhave i n d r i y ā n i. Katamāni[1] tīṇi? Anaññātaññassāmītindriyaṃ[2] aññindriyaṃ aññātāvindriyaṃ, imāni kho bhikkhave tīṇi indriyānīti. Etam-atthaṃ bhagavā avoca, tatthetaṃ iti vuccati:

Sekhassa[3] sikkhamānassa
ujumaggānusārino |
khayasmiṃ paṭhamaṃ ñāṇaṃ[4]
tato aññā anantarā[5] ||

Tato aññā[6]-vimuttassa
ñāṇaṃ ve[7] hoti tādino |
akuppā me[8] vimuttīti
bhavasaṃyojanakkhayā[9] ||

Sa ve[10] indriyasampanno
santo santipade rato |
dhāreti antimaṃ dehaṃ
jetvā māraṃ savāhanan-ti ||

Ayam-pi attho vutto bhagavatā iti me sutan-ti || 3 ||

63. (Tik. II. 4) Vuttaṃ hetaṃ bhagavatā vuttam-arahatā ti me sutaṃ. Tayo me bhikkhave a d d h ā. Katame tayo? Atīto addhā anāgato addhā paccuppanno addhā, ime kho bhikkhave tayo addhā ti. Etam-atthaṃ bhagavā avoca, tatthetaṃ iti vuccati:

Akkheyyasaññino sattā
akkheyyasmiṃ patiṭṭhitā |

---

[1] katamā, B
[2] °mitindriyaṃ *all MSS.*, aññataññassāmitindriyaṃ, C.
[3] sekkhassa, D. E.
[4] yānaṃ, D. E.
[5] antarā, P.; anuttarā, B. C.
[6] puññā, B.
[7] ce, B C. M.
[8] me *om.* D. E.
[9] B. C. *add* ti. *See Aṅgutt.* III. 84 *and sutt.* 102.
[10] sa ve, M; tavo, D. E.; sace, B. C. P. Pa. Aa.

akkheyyaṃ apariññāya [1]
yogam-āyanti maccuno ||

Akkheyyañca pariññāya
akkhātāraṃ [2] na maññati [3] |
phuṭṭho vimokkho manasā
santipadam-anuttaraṃ || [4]

Sa ve [5] akkheyyasampanno
santo santipade rato |
saṅkhāya [6] sevī dhammaṭṭho
saṅkhaṃ [7] nopeti [8] vedagū-ti ||

Ayam-pi attho vutto bhagavatā iti me sutan-ti || 4 ||

64. (Tik. II. 5) Vuttaṃ hetaṃ bhagavatā vuttam-arahatā ti me sutaṃ. Tīṇi-māni bhikkhave duccaritāni. Katamāni tīṇi? Kāyaduccaritaṃ vacīduccaritaṃ manoduccaritaṃ, imāni kho bhikkhave tīṇi duccaritānīti. Etam-atthaṃ bhagavā avoca, tatthetaṃ iti vuccati:

Kāyaduccaritaṃ katvā
vacīduccaritāni ca |
manoduccaritaṃ katvā
yañcaññaṃ [9] dosasaññitaṃ [10] ||

---

[1] appari°, D. E.; akkheyyañca pari°, C. Pa.
[2] akkhātāraṃ, C. M.; akkhābhāraṃ, Pa.; akkhātānaṃ, B. D. E. P.
[3] maññasi, B.; muñcati, D. E.
[4] *These first two gāthās occur also in the Saṃyutta-Nikāya (ed. Feer)* I. 2, 18, *differing only in the last two pādas of the second gāthā.*
[5] sa ve *by conjecture, see sutt.* 62; *the MSS. have* sace; acce, C.
[6] saṅkhāra, B.
[7] sakhyaṃ, B.; saṃkhyā, C.
[8] na upeti, D. E. P. Pa.
[9] yañcayaṃ D. E.; yaṃ aññaṃ, Pa.; yaṃ saññaṃ, P.
[10] °saññitam, D.; °saṃhitaṃ, E.

akatvā kusalaṃ [1] kammaṃ [2]
katvānākusalaṃ bahuṃ |
kāyassa bhedā duppañño
nirayaṃ so [3] upapajjatīti [3] ||
Ayam-pi attho vutto bhagavatā iti me sutan-ti || 5 ||

65. (Tik. II. 6) Vuttaṃ hetaṃ bhagavatā vuttam-arahatā ti me sutaṃ. Tīṇi-māni bhikkhave s u c a r i t ā n i. Katamāni tīṇi? Kāyasucaritaṃ vacīsucaritaṃ manosucaritaṃ, imāni kho [4] bhikkhave [4] tīṇi sucaritānīti. Etam-atthaṃ bhagavā avoca, tatthetaṃ iti vuccati:

Kāyaduccaritaṃ [5] hitvā [6]
vacīduccaritāni [5] ca |
manoduccaritaṃ [5] hitvā [7]
yañcaññaṃ [8] dosasaññitaṃ [9] ||

akatvākusalaṃ [10] kammaṃ [11]
katvāna kusalaṃ bahuṃ |
kāyassa bhedā sappañño
saggaṃ so upapajjatīti |
Ayam-pi attho vutto bhagavatā iti me sutan-ti || 6 ||

66. (Tik. II. 7) Vuttaṃ hetaṃ bhagavatā vuttam-arahatā ti me sutaṃ. Tīṇi-māni bhikkhave s o c e y y ā n i. Katamāni tīṇi? Kāyasoceyyaṃ vacīsoceyyaṃ manosoceyyaṃ, imāni kho bhikkhave tīṇi soceyyānīti. Etam-atthaṃ bhagavā avoca, tatthetaṃ iti vuccati:

Kāyasuciṃ [12] vācāsuciṃ [12]
cetosucim [13]-anāsavaṃ |

---

[1] katvā akus°, Pa. [2] dhammaṃ, P.
[3] sopapajjatīti, M.; *cp. sutt.* 38 *and* 65.
[4] kh° bh°, *om.* B. D. E. Pa. [5] °ducar°, P. Pa.
[6] gahetvā, Pa.; katvā, C. [7] gahetvā, Pa.
[8] yaṃ saññaṃ, P. [9] °saññitaṃ, D. E.
[10] akatvā ak°, B. D. E. P. Pa. [11] dhammaṃ, B. C.
[12] °suci, B. M. P. Pa.; °sucī, C. D. E. [13] °sucīm, D. E.

sucisoceyyasampannaṃ
āhu sabbapahāyinan-ti [1] ||
Ayam-pi attho vutto bhagavatā iti me sutan-ti || 7 ||

67. (Tik. II. 8) Vuttaṃ hetaṃ bhagavatā vuttam-arahatā ti me sutaṃ. Tīṇi-māni bhikkhave m o n e y y ā n i. Katamāni tīṇi? Kāyamoneyyaṃ vacīmoneyyaṃ manomoneyyaṃ, imāni kho bhikkhave tīṇi moneyyānīti. Etam-atthaṃ bhagavā avoca, tatthetaṃ iti vuccati: [2]

Kāyamuniṃ [3] vācāmuniṃ [3]
manomunim-anāsavaṃ |
munimoneyyasampannaṃ [4]
āhu niṇhātapāpakan-ti [5] ||
Ayam-pi attho vutto bhagavatā iti me sutan-ti || 8 ||

68. (Tik. II. 9) Vuttaṃ hetaṃ bhagavatā vuttam-arahatā ti me sutaṃ. Yassa kassaci bhikkhave r ā g o appahīno doso appahīno moho appahīno, ayaṃ vuccati bhikkhave bandho mārassa,[6] paṭimukkassa mārapāso,[7] yathākāmakaraṇīyo ca [8] pāpimato. Yassa kassaci bhikkhave rāgo pahīno doso pahīno moho pahīno, ayaṃ vuccati bhikkhave abandho [9] mārassa,[6] omukkassa [10] mārapāso, na [11]-yathākāmakaraṇīyo ca [12] pāpimato ti. Etam-atthaṃ bhagavā avoca, tatthetaṃ iti vuccati:

---

[1] °pahinananti, B.; āhu sucisampāpaṇanti, P. Pa.
[2] Etam-atthaṃ° *only in* M.; *but* —pe— *in* D. E.
[3] °muniṃ, D. E.; °muni, B. M. P. Pa. (vacimuni, P.); muṇī, C.
[4] manumoneyyasampannā, D. E.
[5] ninhāta°, M.; niṇhāṇa°, Aa. (aṭṭhāṅgamaggajalena suṭṭhu vikkhālitaṃ pajahitapāpamalaṃ, A.); nindāta°, P. Pa.; nindita°, C. B., *but in* B. *corrected into* ninhāta°; niddāta, D. E.
[6] mārapāsassa, C. P. Pa.
[7] abaddho mārassa omukkassa mārapāso, D. E. (*the same words as in the second half of the sutta*).
[8] ca *om.* M.
[9] abaddho, D. E.
[10] apaṭimukkassa, B.
[11] na *om.* D. E.
[12] ca *om.* B. M.

Yassa rāgo ca doso ca
avijjā ca virājitā |
taṃ bhāvitattaññataraṃ [1]
brahmabhūtaṃ tathāgataṃ |
buddhaṃ verabhayātītaṃ
āhu sabbapahāyīnan-ti ||

Ayam-pi attho vutto bhagavatā iti me sutan-ti || 9 ||

69. (Tik. II. 10) Vuttaṃ hetaṃ bhagavatā vuttam-arahatā ti me sutaṃ. Yassa kassaci bhikkhave bhikkhussa vā bhikkhuniyā vā rāgo appahīno doso appahīno moho appahīno, ayaṃ vuccati bhikkhave na [2] atari [3] samuddaṃ saūmiṃ [4] savīciṃ sāvaṭṭaṃ [5] sagahaṃ sarakkhasaṃ. Yassa kassaci bhikkhave bhikkhussa vā bhikkhuniyā vā rāgo pahīno doso pahīno moho pahīno, ayaṃ vuccati bhikkhave atari [6] samuddaṃ saūmiṃ [7] savīciṃ [8] sāvaṭṭaṃ sagahaṃ sarakkhasaṃ, tiṇṇo pāraṃgato [9] thale tiṭṭhati brāhmaṇo [10] ti. Etam-atthaṃ bhagavā avoca, tatthetaṃ iti vuccati: [11]

Yassa rāgo ca doso ca
avijjā ca virājitā |
so-maṃ [12] samuddaṃ sagahaṃ sarakkhasaṃ
ūmibhayaṃ [13] duttaraṃ [14] -accatāri [15] ||

---

[1] bhāvitattha°, B.; °ññātt°, P. Pa. [2] na *om.* B. C. M., Aa.

[3] ātari, B.; atirīti na tiṇṇo, A.; agāri, D. E.; apara, C.; atiṇṇo, M.

[4] saūmiṃ, M. C., saummiṃ, P. B., (*without* ṃ B. C.); *om.* D. E. Pa.

[5] sāvajjaṃ, D. E. [6] agāri, D. E.; apara, C.

[7] saūmiṃ, M. C., saummiṃ, P. Pa. B., (*without* ṃ B. C.); savumi, D. E. [8] *om.* D. E. [9] pāragato, C. D. E. P. Pa.

[10] brahm°, B. P. Pa. [11] Etam-atthaṃ ° *only in* M.

[12] so-maṃ, M.; *the other MSS.* so imaṃ.

[13] ūmi°, B.; vūmi°, D. E.; sūmi°, M.; saūmi°, C.; ummi°, P. Pa. Aa.

[14] duttaram-acc°, M.; *the other MSS.* duttaraṃ; dukkaraṃ, B.

[15] accatāri, M. P. Pa.; °tari, B.; accagāri, D. E.; atariti, C.

saṅgātigo[1] maccujaho[2] nirūpadhi[3]
pahāsi dukkhaṃ apunabbhavāya[4] |
atthaṅgato so na samānam[5]-eti
amohayi[6] maccurājan-ti brūmīti ||
Ayam-pi attho vutto bhagavatā iti me sutan-ti || 10 ||

Dutiyo vaggo.

Uddānaṃ.

Puññaṃ[7] (60) cakkhu[8] (61) ath-indriyā[9] (62)
addhā (63) caritaṃ duve (64, 65) suci[10] (66) |
mune[11] (67) atha rāga[12] duve (68, 69)
puna vaggam-āhu dutiyam-uttaman-ti[13] ||

70. (Tik. III. 1) Vuttaṃ hetaṃ bhagavatā vuttam-arahatā ti me sutaṃ. Diṭṭhā mayā bhikkhave sattā kāyaduccaritena samannāgatā vacīduccaritena samannāgatā manoduccaritena samannāgatā, ariyānaṃ upavādakā, micchādiṭṭhikā micchādiṭṭhikammasamādānā, te kāyassa bhedā parammaraṇā apāyaṃ duggatiṃ[14] vinipātaṃ[14] nirayaṃ[14] upapannā.[15] Taṃ kho panāhaṃ bhikkhave aññassa samaṇassa vā brāhmaṇassa[16] vā sutvā vadāmi: Diṭṭhā mayā bhikkhave sattā kāyaduccaritena samannāgatā vacīduccaritena saman-

---

[1] saṃgātiko, B.; saṃgāhiko, C.
[2] maccuho, C.; *om.*, D. E.
[3] nirūpadhi, C. M.; nirup°, B. D. E.; nirap°, P. Pa.
[4] sapuna°, B.
[5] samānam, C.; samāṇam, B. Aa.; pamāṇam, D. E. M. P. Pa., *appearing also as a second reading in* A.
[6] asamohayi, C.; asamohari, B.
[7] paññā, B. C. D. E.
[8] bhikkhu, D. E.
[9] athindriyā, B.; *the other MSS.* atha indriyāni; B. C. P. Pa. *add* ca.
[10] soci, M.
[11] muno, M.; muna, D. E.
[12] *sic all MSS.*
[13] uttaman-ti, M.; *the other MSS omit* ti.
[14] *Om.* C.
[15] uppannā, D. E.; sattā kāyaduccaritena . . . upapannā *occurs again sutt.* 99.
[16] brahmaṇassa, B. P. Pa.

nāgatā manoduccaritena samannāgatā, ariyānaṃ upavādakā, micchādiṭṭhikā micchādiṭṭhikammasamādānā, te kāyassa bhedā param-maraṇā apāyaṃ duggatiṃ vinipātaṃ nirayaṃ upapannā.[1] Api ca bhikkhave yad-eva sāmaṃ[2] ñātaṃ[2] sāmaṃ[3] diṭṭhaṃ[3] sāmaṃ viditaṃ tad-evāhaṃ[4] vadāmi: Diṭṭhā mayā bhikkhave sattā kāyaduccaritena samannāgatā vacīduccaritena samannāgatā manoduccaritena samannāgatā, ariyānaṃ upavādakā, micchādiṭṭhikā micchādiṭṭhikammasamādānā, te kāyassa bhedā param-maraṇā apāyaṃ duggatiṃ vinipātaṃ nirayaṃ upapannā[5] ti. Etam-atthaṃ bhagavā avoca, tatthetaṃ iti vuccati:

Micchā manaṃ[6] paṇidhāya[7]
micchā vācaṃ abhāsiya[8] |
micchā kammāni katvāna
kāyena idha puggalo ||

appassuto[9] apuññakaro[9]
appasmiṃ idha jīvite[10] |
kāyassa bhedā duppañño
nirayaṃ so[10] upapajjatīti[10] ||

Ayam-pi attho vutto bhagavatā iti me sutan-ti || 1 ||

71. (Tik. III. 2) Vuttaṃ hetaṃ bhagavatā vuttam-arahatā ti me sutaṃ. D i ṭ ṭ h ā mayā bhikkhave sattā[11] kāyasucaritena samannāgatā vacīsucaritena samannāgatā manosu-

---

[1] uppannā, C. D. E. [2] sāmaññātaṃ, C. D. E.
[3] *Om.* D. E. [4] tamevahaṃ, B.
[5] uppannā, C. [6] mānaṃ, C. [7] paṇi°, D. E.; panī°, C.
[8] abhāsiya, D. E. M. P.; abhāsiyaṃ, C.; abhāsissa, B.; micchā vāca abhissāmīti (*sic!*) micchā musāvādādivasena vācaṃ bhāsitvā, A.; *see sutt.* 71. *Perhaps* pabhāsiya?
[9] appassutāpuññak°, M.; appasutāp°, P. Pa.; appayutto pu°, B. C. (puññanaro, B.). [10] sopapajjatīti, M.
[11] *After* sattā D. E. *wrongly insert* kāyassa bhedā param-maraṇā.

caritena samannāgatā ariyānaṃ anupavādakā sammādiṭṭhikā sammādiṭṭhikammasamādānā, te kāyassa bhedā param-maraṇā sugatiṃ saggaṃ lokaṃ upapannā.[1] Taṃ kho panāhaṃ[2] bhikkhave nāññassa[3] samaṇassa vā brāhmaṇassa[4] vā sutvā vadāmi: Diṭṭhā mayā bhikkhave sattā kāyasucaritena samannāgatā vacīsucaritena samannāgatā manosucaritena samannāgatā ariyānaṃ anupavādakā sammādiṭṭhikā sammādiṭṭhikammasamādānā, te kāyassa bhedā param-maraṇā sugatiṃ[5] saggaṃ lokaṃ upapannā.[6] Api ca bhikkhave[7] yad-eva sāmaṃ[8] ñātaṃ[8] sāmaṃ[9] diṭṭhaṃ[9] sāmaṃ viditaṃ tad-evāhaṃ vadāmi: Diṭṭhā mayā bhikkhave sattā kāyasucaritena samannāgatā vacīsucaritena samannāgatā manosucaritena samannāgatā ariyānaṃ anupavādakā sammādiṭṭhikā sammādiṭṭhikammasamādānā, te kāyassa bhedā param-maraṇā sugatiṃ saggaṃ lokaṃ upapannā[10] ti. Etam-atthaṃ bhagavā avoca, tatthetaṃ iti vuccati:

Sammā manaṃ[11] paṇidhāya[11]
sammā vācaṃ abhāsiya[12] |
sammā kammāni katvāna
kāyena idha puggalo |

bahussuto puññakaro
appasmiṃ idha jīvite |
kāyassa bhedā sappañño[13]
saggaṃ so upapajjatīti[14] ||

Ayam-pi attho vutto bhagavatā iti me sutan-ti || 2 ||

---

[1] uppannā, C. D. E.; uppapannā ti, B. [2] pana, B.
[3] naññassa, B. [4] brahmaṇassa, B. P. Pa.
[5] suggatiṃ, B. [6] uppannā, C. D. E.
[7] bhikkhave *om.* B.; api ca yadeva bhikkhave, C.; api ca deva bhi°, D. E.
[8] sāmaññātaṃ, C. D. E.; sāmaṃ ñā°, B. [9] *Om.* D. E.
[10] uppannā, D. E. [11] mānaṃ paṇi°, C.
[12] abhāsiya, C. D. E. M. P. Pa.; abhāsissa, B.; *see sutt.* 70.
[13] sabbañño, B. [14] uppajj°, Pa.; upajj°, P.

72. (Tik. III. 3) Vuttaṃ hetaṃ bhagavatā vuttam-arahatā ti me sutaṃ. Tisso imā bhikkhave n i s s a r a ṇ i y ā [1] dhātuyo. Katamā tisso? Kāmānam-etaṃ nissaraṇaṃ yad-idaṃ nekkhammaṃ, rūpānaṃ-etaṃ nissaraṇaṃ yad-idaṃ āruppaṃ,[2] yaṃ [3] kho pana kiñci bhūtaṃ saṅkhataṃ [4] paṭiccasamuppannaṃ nirodho tassa nissaraṇaṃ. Imā kho bhikkhave tisso nissaraṇiyā [5] dhātuyo ti. Etam-atthaṃ bhagavā avoca, tatthetaṃ iti vuccati:

Kāmanissaraṇaṃ [6] ñatvā
rūpānañca [7] atikkamaṃ [8] |
sabbasaṅkhārasamathaṃ
phusaṃ [9] ātāpī [10] sabbadā

sa ve [11] sammaddaso [12] bhikkhu
yato tattha [13] vimuccati |
abhiññāvosito [14] santo
sa ve [15] yogātigo [16] munī-ti ||

Ayam-pi attho vutto bhagavatā iti me sutan-ti || 3 || [17]

73. (Tik. III. 4) Vuttaṃ hetaṃ bhagavatā vuttam-arahatā

---

[1] nissaraṇiyā, B. M. P. Pa.; nissaraṇiyā ti nissaraṇapaṭisaṃyuttā, A.; °ṇīyā, C.; nissārāṇiyā, D. E. (n, D.); nissāraṇīyā, *Child. Dict.*

[2] ārūpaṃ, P. Pa. [3] *Om.* D. E. [4] asaṅkhataṃ, B. C.

[5] nissāraṇiyā, D.; °āṇiyā, E.; nissaraṇadhā°, C.

[6] °nissāraṇaṃ, D. E. [7] rupp°, P. Pa.

[8] °kkammaṃ, P. Pa.

[9] phusaṃ, M.; phusanto, A. (*the MS. has* sus°); phassaṃ, Pa.; bassaṃ, P.; passam-(ātāpi), D. E.; sayaṃ, B. C.

[10] °ī, M.; *all other MSS.* °i. [11] ce, B. C. Pa.; *om.* P.

[12] sammadaso, M.

[13] yato tittha, D. E.; yathā kattha, C.

[14] *There is a confusion here in* C. *and* Pa., *the same piece of sutt.* 78 [santa] taro ti . . . appajānanti (*sic!*) *being inserted here in both MSS.!* abhiñña [*the interpolation*] ahosito santo, C. [15] ce, B. C. P. Pa. [16] °ātito, D. E.

[17] *The second gāthā occurs also sutt.* 53 *and* 85.

ti me sutaṃ. R ū p e h i bhikkhave arūpā[1] santatarā,[2] arūpehi nirodho santataro[3] ti.[4] Etam-atthaṃ bhagavā avoca, tatthetaṃ iti vuccati :

Ye ca rūpūpagā sattā
ye ca arūpaṭṭhāyino[5] |
nirodhaṃ appajānantā[6]
āgantāro[7] punabbhavaṃ ||

Ye ca rūpe[8] pariññāya
arūpesu[9] asaṇṭhitā |
nirodhe ye vimuccanti
te janā maccuhāyino[10] ||

Kāyena amataṃ dhātuṃ
phassayitvā[11] nirūpadhīṃ[12] |
upadhippaṭinissaggaṃ[13]
sacchikatvā anāsavo |
deseti sammāsambuddho
asokaṃ virajaṃ padan-ti ||

Ayam-pi attho vutto bhagavatā iti me sutan-ti || 4 ||

74. (Tik. III. 5) Vuttaṃ hetaṃ bhagavatā vuttam-arahatā ti me sutaṃ. Tayo-me[14] bhikkhave p u t t ā santo saṃvijja-

---

[1] aruppā, P. Pa. [2] santarā, C. P. Pa.
[3] santaro, C. Pa. [4] cāti, B.
[5] arūpavāsino, P. Pa., *and* C. *in the interpolation mentioned before ;* °gāmino, B., *and* C. *in the proper place. The first two pādas occur Saṃyuttanik.* V. 4, 5.
[6] °anti, C. (*both times*), *and* Pa. *in the interpolation.*
[7] āgantāno, B. ; agandhāro, C.
[8] Ye ca rūpe *all MSS., but see sutt.* 51 *for the second and third gāthā.*
[9] āruppesu, D. E. ; ye ca rūpesu, Pa. [10] °hārino, B.
[11] phassayitvā, P. Pa. ; phuss°, C. ; phusay°, B. M.; phūsay°, D. E.
[12] nirūpadhiṃ, M. ; °dhi, *the other MSS. The long* ū *may be due to a wrong connexion of this word with* rūpa.
[13] °ppaṭi°, M. ; *the other MSS. have* °paṭi°. [14] me *om.* C.

mānā lokasmiṃ. Katame tayo? Atijāto anujāto avajāto ti.[1] Kathañca bhikkhave putto atijāto hoti? Idha bhikkhave puttassa mātāpitaro honti, na buddhaṃ saraṇaṃ gatā, na dhammaṃ saraṇaṃ gatā, na saṅghaṃ saraṇaṃ gatā, pāṇātipātā appaṭiviratā adinnādānā appaṭiviratā, kāmesu micchācārā appaṭiviratā, musāvādā appaṭiviratā, surāmerayamajjapamādaṭṭhānā appaṭiviratā, dussīlā pāpadhammā, putto ca[2] nesaṃ[2] hoti, buddhaṃ saraṇaṃ gato, dhammaṃ saraṇaṃ gato, saṅghaṃ saraṇaṃ gato, pāṇātipātā paṭivirato,[3] adinnādānā paṭivirato,[4] kāmesu micchācārā paṭivirato, musāvādā paṭivirato, surāmerayamajjapamādaṭṭhānā paṭivirato, sīlavā kalyāṇadhammo: evaṃ kho[5] bhikkhave putto atijāto hoti.—Kathañca bhikkhave putto anujāto hoti? Idha bhikkhave puttassa mātāpitaro honti, buddhaṃ saraṇaṃ gatā, dhammaṃ saraṇaṃ gatā, saṅghaṃ saraṇaṃ gatā, pāṇātipātā paṭiviratā, adinnādānā paṭiviratā, kāmesu micchācārā paṭiviratā, musāvādā paṭiviratā, surāmerayamajjapamādaṭṭhānā paṭiviratā, sīlavanto kalyāṇadhammā, putto pi nesaṃ hoti, buddhaṃ saraṇaṃ gato, dhammaṃ saraṇaṃ gato, saṅghaṃ saraṇaṃ gato, pāṇātipātā paṭivirato, adinnādānā paṭivirato, kāmesu micchācārā paṭivirato, musāvādā paṭivirato, surāmerayamajjapamādaṭṭhānā paṭivirato, sīlavā kalyāṇadhammo: evaṃ kho bhikkhave putto anujāto hoti.—Kathañca[6] bhikkhave putto avajāto hoti? Idha bhikkhave puttassa mātāpitaro honti, buddhaṃ saraṇaṃ gatā, dhammaṃ saraṇaṃ gatā,[7] saṅghaṃ saraṇaṃ gatā, pāṇātipātā paṭiviratā, adinnādānā paṭiviratā, kāmesu micchācārā paṭiviratā, musāvādā paṭiviratā, surāmerayamajjapamādaṭṭhānā paṭiviratā, sīlavanto kalyāṇadhammā, putto ca[8] nesaṃ[8] hoti, na buddhaṃ saraṇaṃ gato,[9] na dhammaṃ saraṇaṃ gato, na saṅghaṃ saraṇaṃ gato, pāṇātipātā appaṭivirato, adinnādānā appaṭivirato, kāmesu mic-

[1] ti *om.* D. E. [2] panesaṃ, D. E.

[3] *All MSS., except* C. *and* M., *add* hoti.

[4] D. E. *add* hoti. [5] kho *om.* P. Pa. [6] B. *adds* kho.

[7] *For* dh° s° g°, P. Pa. *have* || pa ||

[8] panesaṃ, D (n). E. [9] D. E. *add* hoti.

cāracārā appaṭivirato, musāvādā appaṭivirato, surāmerayamajjapamādaṭṭhānā appaṭivirato, dussīlo pāpadhammo: evaṃ kho bhikkhave putto avajāto hoti.[1]—Ime kho bhikkhave tayo puttā santo saṃvijjamānā lokasmin-ti. Etamatthaṃ bhagavā avoca, tatthetaṃ iti vuccati:

Atijātaṃ anujātaṃ
puttam-icchanti[2] paṇḍitā |
avajātaṃ na[3] icchanti
yo hoti kulagandhano[4] ||

Ete kho puttā lokasmiṃ
ye bhavanti upāsakā |
saddhāsīlena[5] sampannā
vadaññū[6] vītamaccharā |
cando abbhaghanā[7] mutto[8]
parisāsu virocare[9] ti[9] ||

Ayam-pi attho vutto bhagavatā iti me sutan-ti || 5 ||

75. (Tik. III. 6) Vuttaṃ hetaṃ bhagavatā vuttam-arahatā ti me sutaṃ. Tayo-me bhikkhave[10] puggalā santo saṃvijjamānā lokasmiṃ. Katame tayo? Avuṭṭhikasamo padesavassī sabbatthābhivassī.—Kathañca bhikkhave puggalo[11] avuṭṭhikasamo hoti? Idha bhikkhave ekacco puggalo sabbesaññeva[12] na[12] dātā hoti, samaṇabrāhmaṇakapaṇiddhikavanibbakayācakānaṃ[13] annaṃ pānaṃ vatthaṃ yānaṃ

---

[1] avajāto ti, B.
[2] puttāmicch°, B. D. E.
[3] na *om.* D. E.
[4] kusajantuno, C.; A. *has* kulagandhano ti kulacchedako, *but mentions as another reading* kuladhaṃsano (*the MS. has* kusaladh°).
[5] saddā°, B.
[6] °u, B. P.
[7] abbhaghanā, M.; gabbha°, B.; abbhaganā, C. P. Pa.; abbhagaṇā ti abbhasaṃghātā, A.; vabbhasanā, D. E.
[8] putto, M.
[9] virocaye ti, C.; virocati, D. E. Pa.
[10] bh° *om.* B.
[11] p° *om.* B. C. P.
[12] na sabbesaññeva, B.
[13] °kapaṇaddhika°, M.; °brahmaṇaddhika°, B.

mālāgandhavilepanaṃ ¹ seyyāvasathapadīpeyyaṃ,¹ evaṃ
kho bhikkhave puggalo avuṭṭhikasamo hoti.—Kathañca
bhikkhave puggalo padesavassī hoti ? Idha bhikkhave
ekacco puggalo okaccānaṃ dātā hoti, ekaccānaṃ na dātā
hoti,², samaṇabrāhmaṇakapaṇiddhikavanibbakayācakānaṃ ³
annaṃ pānaṃ vatthaṃ yānaṃ mālāgandhavilepanaṃ ⁴
seyyāvasathapadīpeyyaṃ,⁵ evaṃ kho bhikkhave puggalo ⁶
padesavassī hoti.—Kathañca bhikkhave puggalo ⁷ sabbatthābhivassī hoti ? Idha bhikkhave ekacco puggalo sab-
besaṃ ⁸ deti, samaṇabrāhmaṇakapaṇiddhikavanibbakayācakānaṃ ⁹ annaṃ pānaṃ vatthaṃ yānaṃ mālāgandhavilepanaṃ ¹⁰ seyyāvasathapadīpeyyaṃ,⁵ evaṃ kho bhikkhave
puggalo ⁷ sabbatthābhivassī hoti.—Ime kho bhikkhave tayo
puggalā santo saṃvijjamānā lokasmin-ti.—Etam-atthaṃ
bhagavā avoca, tatthetaṃ iti vuccati :

Na samaṇe na brāhmaṇe
na kapaṇiddhike na vanibbake ¹¹ |
laddhāna ¹² saṃvibhājeti ¹³

---

¹ A. has : mālā ti . . . gandhan-ti . . . vilepanan-ti . . .
seyyā ti . . . āvasathan-ti . . . p° ; °gandhaṃ vi°, B. ;
°dīpayaṃ, B. ; patipayan-ti, Aa.

² hoti om. D. E. P. Pa.

³ °kapaṇaddhika°, M. ; °brahmaṇakapaṇaddh°, B. ;
°brahmaṇapaṇa adhika, P. Pa.

⁴ °gandhāṃ vi°, D. E.

⁵ °vasathaṃ pa°, D. E. ; °thadipayaṃ, B.   ⁶ p° om. C.

⁷ p° om. B. C.   ⁸ M. adds va.

⁹ °brahmaṇa,° B. Pa. ; °kapaṇaddhika°, B. M.

¹⁰ °gandhaṃ vi°, C.

¹¹ P. Pa. omit all negations : samaṇabrahmaṇakap°, Pa. ;
na samaṇabrāhmaṇe, D. E. ; kapaṇaddhike, B. ; kapaṇa-
ddhikavanibbake, M.

¹² laddāna, B. ; laddhānaṃ, C. ; saddhāna, D. E.

¹³ °bhājeti, C. ; °bhajeti, M. ; °bhajati, P. Pa. ; °bhajjati,
D. E. ; °rājati, B.

annaṃ pānañca bhojanaṃ |
taṃ ve [1] avuṭṭhikasamo ti
āhu naṃ purisādhamaṃ [2] ||

Ekaccānaṃ na dadāti [3]
ekaccānaṃ pavecchati [4] |
taṃ [5] ve [6] padesavassīti [7]
āhu medhāvino janā ||

Subhikkhavāco [8] puriso
sabbabhūtānukampako |
āmodamāno pakireti
detha dethā-ti bhāsati ||

Yathāpi [9] megho thanayitvā [10]
gajjayitvā [11] pavassati |
thalaṃ ninnañca pūreti
abhisandanto [12] vārinā [13] |
evam-eva idh-ekacco
puggalo hoti tādiso ||

Dhammena saṃharitvāna [14]
uṭṭhānādhigataṃ dhanaṃ |

---

[1] ce, B.; *om.* P. Pa.
[2] naṃ sādhamaṃ, D. E.; purisādhammaṃ, B. C. P.; Pa. *corrupt.*
[3] dātāti, D. E.
[4] pavaccheti, B.; °vedhati, C.; °vedati, Pa.
[5] etaṃ, C. Pa. [6] ce, B. [7] parassavassiti, Pa.
[8] °vāco, B. M. A.; °vevo, C.; °vāso, P.; subhikkhacevāho, D. E. A. *mentions a second reading* subhikkhavassī.
[9] yathābhi, C. [10] dhan°, C.
[11] tajjayitvā, D. E.; vijjayitvā, A.; B. *and* C. *omit* gajj°, *but* B. *inserts* pathavī, C. paṭhavi, *after* megho.
[12] abhisanto, C.
[13] va vārinā, B. M.; pa vārinā, C.; parivāri, D. E.
[14] saṃharitvā, B.; saṃhayitvāna, P.

tappeti annapānena
sammā satte vanibbake[1] ti ||
Ayam-pi attho vutto bhagavatā iti me sutan-ti || 6 ||

76. (Tik. III. 7) Vuttaṃ hetaṃ bhagavatā vuttam-arahatā ti me sutaṃ. Tīṇi-māni bhikkhave sukhāni patthayamāno sīlaṃ rakkheyya paṇḍito. Katamāni tīṇi? Pasaṃsā me āgacchatū-ti sīlaṃ rakkheyya paṇḍito, bhogā me uppajjantū[2]-ti sīlaṃ rakkheyya paṇḍito, kāyassa bhedā parammaraṇā sugatiṃ[3] saggaṃ lokaṃ upapajjissāmīti[4] sīlaṃ rakkheyya paṇḍito. Imāni kho bhikkhave tīṇi sukhāni patthayamāno sīlaṃ rakkheyya paṇḍito ti.[5] Etam-atthaṃ bhagavā avoca, tatthetaṃ iti vuccati:

Sīlaṃ rakkheyya medhāvī[6]
patthayāno tayo sukhe |
pasaṃsaṃ[7] vittalābhañca[8]
pecca sagge pamodanaṃ[9] ||

Akaronto pi ce pāpaṃ
karontam-upasevati |
saṃkiyo[10] hoti pāpasmiṃ
avaṇṇo cassa rūhati ||

Yādisaṃ kurute mittaṃ
yādisaṃ cupasevati[11] |

---

[1] sammā vatte, D. E.; sabbasatte, P. Pa.; samā patte, M.; panibbake, P.; manibb°, Pa. B. *is corrupt here, combining two different readings*: tapp° ann° | sammā patteti annapāṇena | samā satte vakippake ti | *For the last three gāthās cp. Kosala-Saṃyutta (ed. Feer)* III. 8, 4, 17.

[2] upapajj°, B. E. M.

[3] sugati, P.; suggati, Pa.

[4] uppajj°, C. E.

[5] *Om.* P. Pa.

[6] °vi, *all MSS except* E.

[7] pasaṃsi, B. C.

[8] vitta°, E. P. Pa. *and* A. (dhanalābhaṃ bhoguppatti); citta, D.; vitti°, B. C. M.

[9] ca modanaṃ, D. E.

[10] santiyo, D. E.

[11] yādisañcupa°, P. Pa.; °ṃ vupas°, M.; yādisaṃmupa°, C.; °ṃmapa°, E.; °mmapa°, D.

sa ve[1] tādisako hoti
sahavāso[2] hi[3] tādiso ‖

Sevamāno sevamānaṃ
samphuṭṭho samphusaṃ[4] paraṃ |
saro duṭṭho[5] kalāpaṃ va
alittam-upalimpati[6] |
upalepabhayā[7] dhīro[8]
neva pāpasakhā[9] siyā

Pūtimacchaṃ kusaggena
yo naro upanayhati[10] |
kusā pi pūti vāyanti
evaṃ bālūpasevanā

Tagarañca[11] palāsena
yo naro upanayhati[10] |
pattā pi surabhī[12] vāyanti
evaṃ dhīrūpasevanā

Tasmā palāsapuṭasseva[13]
ñatvā sampātam[14]-attano |
asante nupaseveyya

---

[1] ce, B. C. M.
[2] sahāvāyo, B.; sabhāvāso, D. E. [3] pi, B. C. M.
[4] samphusi, B.; °phusī, C.
[5] *Perhaps* diddho (*poisoned*) *was the original reading.*
[6] amulilittappati, D. E. (*syllables transposed*).
[7] upalimpa°, P. M.; upalepatayā, P.; °tiyā, Pa.; uppalepatitā, C. [8] vāri (*sic !*), C.
[9] °sukhā, D. E. [10] upaneyhati, B. P. Pa.
[11] tagg°, B. M. P. Pa. [12] surabhiṃ, B.
[13] palāsapuṭasseva *only* M. *and* A.; malapuṭasseva, P.; *in* Pa. *the last gāthā is omitted*; mūlamuṭṭasseva, B.; phalamudasseva, C.; pattapuṭasseva (*which suits the metre better*), D. E.
[14] sampātam, M. P. *and* A.; sampākam, B. D. E.; sapākam, C.

sante seveyya paṇḍito |
asanto nirayaṃ nenti
santo pāpenti suggatin-ti [1] |
Ayam-pi attho vutto bhagavatā iti me sutan-ti || 7 |

77 (Tik. III. 8) Vuttaṃ hetaṃ bhagavatā vuttam-arahatā ti me sutaṃ. Bhindantāyaṃ [2] bhikkhave kāyo, viññāṇaṃ virāgadhammaṃ,[3] sabbe upadhī [4] aniccā dukkhā vipariṇāmadhammā ti. Etam-atthaṃ bhagavā avoca, tatthetaṃ iti vuccati [5]:

Kāyañca bhindantaṃ [6] ñatvā
viññāṇañca virāguṇaṃ [7] |
upadhīsu bhayaṃ disvā
jātimaraṇam-ajjhagā [8] |
sampatvā paramaṃ santiṃ [9]
kālaṃ kaṅkhati [10] bhāvitatto [11] ti ||
Ayam-pi attho vutto bhagavatā iti me sutan-ti [12] || 8 |

78. (Tik. III. 9) Vuttaṃ hetaṃ bhagavatā vuttam-

[1] sugatin-ti, B. P.
[2] bhindantāyaṃ, M.; bhinnoyaṃ, B. C.; bhidarāyaṃ, D. E. (*see the Uddāna, and cp. skr.* bhidura); bhirūayaṃ, P.; bhirubhayaṃ, Pa. A. *mentions two readings* (bhindantāyaṃ *and* bhidurāyaṃ ?), *but the MS. is corrupt here* (Piṇḍāyan-ti piṇḍato ayaṃ kāyo ti . . . bhiru bhedanasīlo . . . tinnarāyanti pi pāṭho); *the explanation is* bhedanasīlo.
[3] virāgadh°, B. A.; virāgūdh°, M. D. E.; virāgudh°, C. P.; *see the gāthā.* [4] °ī, *only* M.; *all other MSS.* °i.
[5] Etam° *only in* M.
[6] bhindantaṃ, *only* M.; bhindanaṃ, B. P. Pa. D. E.; bhinnaṃtaṃ, C.
[7] virāguṇaṃ, C. P.; °naṃ, B. M. Pa.; pabhaṃguṇaṃ, D. E. [8] ajjagā, M.
[9] santi, D. E. P. A.; santaṃ, B. C. M. Pa.
[10] kāla saṃkhati, D. E.
[11] °atto, D. E. M.; °attho, B. C. P. Pa.
[12] Ayam° *only in* M.

arahatā ti me sutaṃ. [1] D h ā t u s o [2] bhikkhave sattā sattehi [3] saddhiṃ [3] saṃsandanti samenti, hīnādhimuttikā sattā hīnādhimuttikehi sattehi saddhiṃ saṃsandanti samenti, kalyāṇādhimuttikā sattā kalyāṇādhimuttikehi sattehi saddhiṃ saṃsandanti samenti. Atītam-pi bhikkhave addhānaṃ dhātuso sattā sattehi saddhiṃ saṃsandiṃsu samiṃsu, hīnādhimuttikā sattā hīnādhimuttikehi sattehi saddhiṃ saṃsandiṃsu samiṃsu, kalyāṇādhimuttikā sattā kalyāṇādhimuttikehi sattehi saddhiṃ saṃsandiṃsu samiṃsu. Anāgatam-pi bhikkhave addhānaṃ dhātuso-va [4] sattā sattehi [3] saddhiṃ [3] saṃsandissanti samessanti [5]: hīnādhimuttikā sattā hīnādhimuttikehi sattehi saddhiṃ saṃsandissanti samessanti,[5] kalyāṇādhimuttikā sattā kalyāṇādhimuttikehi sattehi saddhiṃ saṃsandissanti samessanti.[5] Etarahi pi [3] bhikkhave paccuppannaṃ addhānaṃ dhātuso-va sattā sattehi [3] saddhiṃ [3] saṃsandanti samenti. hīnādhimuttikā sattā hīnādhimuttikehi sattehi saddhiṃ saṃsandanti samenti, kalyāṇādhimuttikā sattā kalyāṇādhimuttikehi sattehi saddhiṃ saṃsandanti samentīti.[6] Etam-atthaṃ bhagavā avoca, tatthetaṃ iti vuccati [7]:

Saṃsaggā vanatho [8] jāto
asaṃsaggena chijjati [9] |

---

[1] *I follow* M. *which alone has first the general remark without reference to time, after that the three pieces* Atītam-pi . . . , Anāgatam-pi . . . , Etarahi pi. . . . *All other MSS. omit the piece* Atītam-pi, D. E. *completely, but the other MSS. insert parts of it into the general remark:* B. C. *insert* atīte pi *before the first* bhikkhave, *and* addhānaṃ *after it;* Pa. *inserts after the first* samenti: atītaṃ pi bhikkhave addhānaṃ | dhātuso | pa[hinādhimuttikā]; P. *inserts after the first* samenti: atītaṃ pi bhikkh° addh° dhāt° va sattā saṃsandanti samenti [hinādhim°].

[2] Dhātuso va, D. E. [3] *om*. D. E. P. Pa.

[4] va *om*. M.; dhātuyo va, E.; dhātuso yāva, D.

[5] samissanti, B. M. [6] samenti, C. D. E. P. Pa.

[7] Etam° *only in* M. [8] vanato, B. C. P. Pa.

[9] bhijjati, B.

parittaṃ [1] dārum[2]-āruyha
yathā sīde mahaṇṇave |
evaṃ kusītam[3]-āgamma
sādhujīvī [4] pi [5] sīdati ||

Tasmā taṃ parivajjeyya
kusītaṃ hīnavīriyaṃ [6] |
pavivittehi [7] ariyehi
pahitattehi jhāyibhi [8] |
niccaṃ āraddhavīriyehi [9]
paṇḍitehi sahā vase ti ||

Ayam-pi attho vutto bhagavatā iti me sutan-ti [10] || 9 ||

79. (Tik. III. 10) Vuttaṃ hetaṃ bhagavatā vuttam-arahatā ti me sutaṃ.[11] Tayo-me bhikkhave dhammā sekhassa [12] bhikkhuno p a r i h ā n ā y a saṃvattanti. Katame tayo? Idha bhikkhave sekho [13] bhikkhu kammārāmo hoti kammarato [14] kammārāmatam-anuyutto, bhassārāmo hoti bhassarato bhassārāmatam-anuyutto, niddārāmo hoti niddārato niddārāmatam-anuyutto. Ime kho bhikkhave tayo dhammā sekhassa [12] bhikkhuno parihānāya saṃvattanti. Tayo-me bhikkhave dhammā sekhassa [12] bhikkhuno aparihānāya saṃvattanti. Katame tayo? Idha bhikkhave sekho [13] bhikkhu na kammārāmo hoti na kammarato [15] na kammārāmatam-anuyutto, na bhassārāmo hoti na bhassarato [16] na bhassārāmatam-anuyutto, na niddārāmo hoti na

[1] paritta, C. [2] dāruṃ, B; dāru, C.
[3] kusītaṃ, B. (i); C.
[4] °jīvī, M.; °jīvi, C. D. E. P. Pa.; °jivi, B.
[5] pi, M. P. Pa. A.; pa s°, C.; sa s°, D. E. (*in* E. *converted into* pa); saṃs°, B.
[6] °vīriyaṃ, C. D. E. M.; °viriyaṃ, B. P. Pa.
[7] vivittehi, B; pavicittehi, D. E.
[8] jhāyibhi, M.; jjhāyibhi, B. P. Pa.; jhāyihi, C. D. E
[9] °viriy°, *all MSS.* [10] Ayam° *only in* M.
[11] Vuttaṃ° *only in* M. [12] sekkhassa, D. E.
[13] sekkho, D. E. [14] °ārato, B.
[15] °ārato, B. P. Pa [16] °ārato, Pa.

niddārato na niddārāmatam-anuyutto. Ime kho bhikkhave tayo dhammā sekhassa[1] bhikkhuno aparihānāya saṃvattantīti. Etam-atthaṃ bhagavā avoca, tatthetaṃ iti vuccati[2]:

Kammārāmo bhassarato
niddārāmo ca uddhato[3] |
abhabbo tādiso bhikkhu
phuṭṭhuṃ[4] sambodhim-uttamaṃ|

Tasmā hi appakicc-assa
appamiddho anuddhato[5] |
bhabbo so tādiso bhikkhu
phuṭṭhuṃ[4] sambodhim-uttaman-ti||

Ayam-pi attho vutto bhagavatā iti me sutan-ti[6] || 10 ||

Tatiyo vaggo.

Uddānaṃ

Dve diṭṭhi (70, 71) nissaraṇaṃ (72) rūpaṃ (73)
putto (74) avuṭṭhikena (75) ca |
sukhā (76) ca[7] bhindanā[8] (77) dhātu (78)
parihānena (79) te dasā-ti.

80. (Tik. IV. 1) Vuttaṃ hetaṃ bhagavatā vuttam-arahatā ti me sutaṃ.[9] Tayo-me bhikkhave akusalavitakkā.[10] Katame tayo? Anavaññattipaṭisaṃyutto[11] vitakko, lābhasakkārasilokapaṭisaṃyutto[12] vitakko, parānuddayatāpaṭisaṃyutto[13] vitakko. Ime kho bhikkhave tayo akusalavitakkā[14]

---

[1] sekkhassa, D. E. [2] Etam° *only in* M. [3] uddato, B
[4] phuṭṭhuṃ, M.; phuṭṭhaṃ, B. P. Pa.; puṭṭhaṃ, C. D. E., *cp. sutt.* 84. [5] anaudhato, D. E.
[6] Ayam° *only in* M. [7] va, C.; pa, D. E.
[8] bhindanā, B. C. M.; bhidurā, D. E.; bhirudā, P. Pa.
[9] Vuttaṃ° *only in* M. [10] akusalā vi°, D. E.
[11] °saññutto, P. Pa.; °saṃñutto, D. E.
[12] °saññutto, P. Pa.
[13] parānudayatā°, B. M. P.; °tāya, Pa.; °saññutto, P. Pa.
[14] akusalā vi°, D. E. M. Pa.

ti. Etam-atthaṃ bhagavâ avoca, tatthetaṃ iti vuccati [1]:

Anavaññattisaṃyutto [2]
lābhasakkāragāravo |
sahanandi [3] amaccehi [4]
ārā saṃyojanakkhayā ||

Yo ca putte pasuṃ hitvā [5]
vivāso [6] saṅgahāni [7] ca |
bhabbo so tādiso [8] bhikkhu
phuṭṭhuṃ [9] sambodhim-uttaman-ti || 1 ||

81. (Tik. IV. 2) Diṭṭhā mayā bhikkhave sattā sakkārena abhibhūtā pariyādinnacittā kāyassa bhedā param-maraṇā apāyaṃ duggatiṃ vinipātaṃ nirayaṃ upapannā [10]; diṭṭhā mayā bhikkhave sattā asakkārena abhibhūtā pariyādinnacittā kāyassa bhedā param-maraṇā apāyaṃ duggatiṃ [11] vinipātaṃ nirayaṃ [12] upapannā; diṭṭhā mayā bhikkhave sattā sakkārena ca asakkārena ca tadubhayena abhibhūtā pariyādinnacittā kāyassa bhedā param-maraṇā apāyaṃ duggatiṃ

---

[1] Etam° *only in* M.

[2] °saññutto, D. P. Pa.; °ṃññ°, C.; °ṃñ°, E.

[3] sahanandi, D. E. M. P. Pa.; °nanti, B.; samânanti, C.

[4] amacceti, C.

[5] putta, M. Aa.; yo ca pasuṃ bhitvā, D. E.

[6] virāho, D. E. M. P.

[7] saṅgahāni, B. C.; santahāni, E.; santāh°, D.; saṅghaṃ hāni, P. Pa.; saṃharāni, M. A. *mentions different readings, but the MS. is corrupt here; A. seems to take the word as an acc. plur.* (= "parikkhārāṇi"), *but I think it is the nom. sg. of a compound* saṅga-hāni.

[8] abhabbo tādiso, C.

[9] phuṭṭhuṃ, M.; phuṭṭhaṃ, B. P. Pa.; puṭṭhaṃ, C. D. E.; *see sutt.* 34.

[10] uppannā, D. E. *always in this sutta.*

[11] P. Pa. *omit nearly always the* ṃ *of* duggatiṃ *in this sutta.*

[12] niriyaṃ, B. P. Pa. *here and repeatedly in this sutta.*

vinipātaṃ nirayaṃ upapannā.[1] Taṃ kho panāhaṃ bhikkhave na aññassa[2] samaṇassa vā brāhmaṇassa[3] vā sutvā vadāmi: [4]Diṭṭhā mayā bhikkhave sattā sakkārena abhibhūtā pariyādinnacittā kāyassa bhedā param-maraṇā apāyaṃ duggatiṃ vinipātaṃ nirayaṃ upapannā; diṭṭhā mayā bhikkhave sattā asakkārena abhibhūtā pariyādinnacittā kāyassa bhedā param-maraṇā apāyaṃ duggatiṃ vinipātaṃ nirayaṃ upapannā; diṭṭhā mayā bhikkhave sattā sakkārena ca asakkārena ca tadubhayena abhibhūtā pariyādinnacittā kāyassa bhedā param-maraṇā apāyaṃ duggatiṃ vinipātaṃ nirayaṃ upapannā. Api ca bhikkhave yad-eva me sāmañ-ñātaṃ[5] sāmaṃ diṭṭhaṃ sāmaṃ viditaṃ tad-evāhaṃ vadāmi: Diṭṭhā mayā bhikkhave sattā sakkārena abhibhūtā pariyādinnacittā kāyassa bhedā param-maraṇā apāyaṃ duggatiṃ vinipātaṃ nirayaṃ upapannā; diṭṭhā mayā bhikkhave sattā asakkārena abhibhūtā pariyādinnacittā kāyassa bhedā param-maraṇā apāyaṃ duggatiṃ vinipātaṃ nirayaṃ upapannā; diṭṭhā mayā bhikkhave sattā sakkārena ca asakkārena ca tadubhayena abhibhūtā pariyādinnacittā kāyassa bhedā param-maraṇā apāyaṃ duggatiṃ vinipātaṃ nirayaṃ upapannā ti.

Yassa sakkariyamānassa[6]
asakkārena cūbhayaṃ |
samādhi na vikampati[7]
appamādavihārino[8] ||

taṃ[9] jhāyinaṃ[9] sātatikaṃ[10]

---

[1] uppannā ti, D. E.; C. *omits the third* diṭṭhā . . . upapannā. [2] nāññassa, M. [3] brahm°, B. P. Pa.

[4] M. *omits the whole second repetition of Buddha's teaching.*

[5] yadevassa me sāmaṃ ñātaṃ, P. Pa.

[6] sakkarīy°, D.; °iy°, E. M.; sakkāriy°, B. C.; sakkārey°, P. Pa.

[7] samādhinā vi°, B. C.; vikamati, C.; samādinna vikappati, P. Pa.

[8] apamāda°, P.; appamāna°, D. E.; apamāṇa°, Pa.

[9] tajjhāyinaṃ, P. Pa.; °anaṃ, C.

[10] sātatiyaṃ, M.; sācārikaṃ, C. P. Pa.; bhāsatiyaṃ, B.

sukhumadiṭṭhivipassakaṃ [1] |
upādānakkhayārāmaṃ [2]
āhu sappuriso itīti. 2 ||

82. (Tik. IV. 3) Tayo-me bhikkhave devesu d e v a s a d d ā niccharanti samayā samayaṃ upādāya. Katame tayo? Yasmiṃ [3] bhikkhave samaye ariyasāvako kesamassuṃ ohāretvā [4] kāsāyāni vatthāni acchādetvā agārasmā anagāriyaṃ [5] pabbajjāya ceteti, tasmiṃ bhikkhave [6] samaye devesu devasaddo niccharati: Eso ariyasāvako mārena [7] saddhiṃ saṅgāmāya cetetīti. Ayaṃ bhikkhave paṭhamo devesu devasaddo niccharati samayā samayaṃ upādāya. Puna ca paraṃ bhikkhave yasmiṃ samaye ariyasāvako sattannaṃ bodhipakkhiyānaṃ [8] dhammānaṃ bhāvanānuyogam-anuyutto viharati, tasmiṃ bhikkhave samaye devesu devasaddo niccharati: Eso ariyasāvako mārena [7] saddhiṃ saṅgāmetīti. Ayaṃ [9] bhikkhave dutiyo devesu devasaddo niccharati samayā samayaṃ upādāya. Puna ca paraṃ bhikkhave yasmiṃ samaye ariyasāvako āsavānaṃ khayā anāsavaṃ cetovimuttiṃ paññāvimuttiṃ [10] diṭṭhe-va dhamme sayaṃ abhiññā sacchikatvā upasampajja viharati, tasmiṃ bhikkhave samaye devesu devasaddo niccharati: Eso ariyasāvako vijitasaṅgāmo, tam-eva saṅgāmasīsaṃ abhivijiya [11] ajjhāvasatīti. Ayaṃ bhikkhave tatiyo devesu devasaddo niccharati samayā samayaṃ upādāya. Ime kho bhikkhave tayo devesu devasaddā niccharanti samayā samayaṃ upādāyā [12]-ti.

---

[1] sukhumaṃ di°, B. C. D. E. P. M., diṭṭhipassakaṃ, B.; sukhadiṭṭhivip°, Pa.

[2] upādānakha°, D. E. M.; upādānaṃ, B. C.; upādānakkha°, P. Pa. [3] yampi, B. [4] ohāyāpetvā, B.

[5] anāg°, B. Pa. [6] bhi°, *only in* M. [7] mānena, C.

[8] A. *mentions* °pakkhikānaṃ *as another reading. For the whole passage cp. sutt.* 97. [9] ayampi, D. E.

[10] *Om.* B. *For the whole passage cp. sutt.* 97, *and Puggalapaññatti* III. 1.

[11] °vijaya, P. Pa.; °vijjhiya, C.; °vijjhaya, B.

[12] Ime kho . . . upādāya, *om.* D. E.

Disvā [1] vijitasaṅgāmaṃ
sammāsambuddhasāvakaṃ [2] |
devatā pi namassanti
mahantaṃ vītasāradaṃ ||

Namo te purisājañña [3]
yo tvaṃ dujjayam-ajjhabhū [4] |
jetvāna maccuno senaṃ [5]
vimokkhena anāvaraṃ [6] ||

Iti hetaṃ namassanti
devatā pattamānasaṃ [7] |
tañhi tassa namassanti
yena maccuvasaṃ vaje ti | 8 ||

83. (Tik. IV. 4) Yadā bhikkhave devo devakāyā cavana-dhammo hoti pañca [8] pubbanimittāni pātubhavanti: mālā [9] milāyanti, vatthāni kilissanti, kacchehi sedā muccanti, [10] kāye [11] dubbaṇṇiyaṃ okkamati, [12] sake devo [13] devāsane nābhiramatīti. [14] Tam-enaṃ [15] bhikkhave devā [16] cavanadhammo ayaṃ devaputto ti iti viditvā tihi vācāhi anumodanti: [17] Ito bho sugatiṃ gaccha, sugatiṃ

---

[1] disvā ca, P. Pa. [2] °sambuddhassa sāvakaṃ, D.
[3] °ññaṃ, D. E.; pūrisajaññā, B.
[4] ajjhabhū, M. *and* A.; ajjhabhi, P. Pa.; ajjhagum, C.; tvaṃ nudujjamaccagū, B.; tvā dujjayamajjayi, D. E.
[5] jetvā manobhuno senaṃ, M.
[6] anāvaraṃ, M. P. *and* A. (aññehi āvarituṃ paṭisedhetuṃ asakkuṇeyyattā); anāsavaṃ, C. D. E.; anāsavā, B. (*a second reading: vocative* anāsava ?).
[7] sattamānasaṃ, C.; sattām°, B.
[8] pañcassa, B. M. P. Pa. [9] mālāni, B. C.
[10] muñcanti, D. E., *MS. of the Comm.*
[11] kāya, D. E. [12] °anti, C. D. E.
[13] *Om.* C. [14] iti *om.* D. E.
[15] tamenaṃ, B.; tamena, P.; tame, D. E.; katamo, C. Pa. [16] devo, C. D. E.
[17] anumodenti, B. C. M.

gantvā suladdhalābhaṃ[1] labha,[1] suladdhalābhaṃ[2] labhitvā suppatiṭṭhito bhavāhīti.[3] Evaṃ vutte aññataro bhikkhu bhagavantaṃ etad-avoca: Kinnu[4] kho bhante devānaṃ sugatigamanasaṅkhātaṃ,[5] kiñca[6] bhante devānaṃ suladdhalābhasaṅkhātaṃ,[5] kiṃ pana bhante devānaṃ suppatiṭṭhitasaṅkhātan[5]-ti? Manussattaṃ kho bhikkhave[7] devānaṃ sugatigamanasaṅkhātaṃ.[5] Yaṃ manussabhūto samāno tathāgatappavedite dhammavinaye saddhaṃ[8] paṭilabhati, idaṃ kho bhikkhave[9] devānaṃ suladdhalābhasaṅkhātaṃ.[5] Sā kho panassa saddhā niviṭṭhā[10] hoti, mūlajātā patiṭṭhitā, daḷhā asaṃhāriyā samaṇena vā brāhmaṇena[11] vā devena vā mārena vā brahmunā vā kenaci vā lokasmiṃ,[12] idaṃ kho bhikkhave[9] devānaṃ suppatiṭṭhitasaṅkhātan[5]-ti.

Yadā devo devakāyā
cavati āyusaṅkhayā[5] |
tayo saddā niccharanti
devānaṃ anumodataṃ[13]:

Ito bho sugatiṃ[14] gaccha
manussānaṃ sahavyataṃ[15] |
manussabhūto[16] saddhamme
labha saddhaṃ anuttaraṃ

Sā[17] te saddhā niviṭṭhassa[18]
mūlajātā patiṭṭhitā |

---

[1] *Om.* C. Pa.; su suggati gantā laddhaṃ lābhaṃ, B. (*without* labha).
[2] suladdhaṃ l°, B.
[3] bhagavāhīti, B.; bhavāhi, C.
[4] kiṃ nu, B. M. P. Pa.
[5] °saṃkh°, C. D. E.
[6] kiñca, M.; kiñci, C. D. E. P. Pa.; kicci, B.
[7] bhikkhu, B. C. M. P.
[8] saddaṃ, B.; saccaṃ, C.
[9] bhikkhu, M.
[10] nividdhā, B.
[11] brahm°, B. P. Pa.
[12] lokasminti, B. C. M.
[13] anumodayaṃ, B. C. M.
[14] suggati, P.
[15] sahabyataṃ, B. C. M. P. Pa.
[16] °bhūte, B. C.
[17] so, D. E.; yā, C.
[18] niviṭṭhassā ti niviṭṭhā bhaveyya, A.; jiviṭṭhassa, D. E.

yāvajīvaṃ asaṃhirā
saddhamme suppavedite ||

Kāyaduccaritaṃ hitvā
vacīduccaritāni ca |
manoduccaritaṃ hitvā
yañcaññaṃ dosasaññitaṃ [1] ||

Kāyena kusalaṃ katvā
vācāya kusalaṃ bahuṃ |
manasā kusalaṃ katvā
appamāṇaṃ nirūpadhi [2] ||

tato opadhikaṃ [3] puññaṃ
katvā dānena taṃ bahuṃ |
aññe pi macce saddhamme
brahmacariye nivesaye [4] ||

imāya anukampāya
devā devaṃ yadā [5] vidū |
cavantaṃ [6] anumodanti [7]
ehi deva punappunan-ti [8] || 4 ||

84. (Tik. IV. 5) Tayo-me puggalā l o k e uppajjamānā uppajjanti bahujanahitāya bahujanasukhāya lokānukampāya,[9] atthāya hitāya sukhāya devamanussānaṃ. Katame tayo? Idha bhikkhave tathāgato loke uppajjati arahaṃ, sammāsambuddho, vijjācaraṇasampanno, sugato, lokavidū,

---

[1] saññitaṃ, D. E. M.; saṃhi°, B. *Cp. sutt.* 81.

[2] *Without* ṃ *all MSS.; only* A. *has* nirupadhin-ti; nirūpadhi *with* ū, C. D. E. M.

[3] opadhikaṃ, C. M. P. A.; upadhikaṃ, D. E. Pa.; upadhitaṃ, B.; Pa. *has a corrupt word* (opadhikaṃ ?) *before it:* tato vomaddamupadhikaṃ.

[4] nivesaye, B. C.; nivesaya, D. E.; nivesayaṃ, Pa. (P. ?).

[5] sadā, C.

[6] cavanaṃ, D. E.

[7] anumodenti, C. M.

[8] punapu°, P. Pa.; punapunn°, B.; ehi nehiva, D. E.

[9] °kampakāya, D. E.

anuttaro purisadammasārathi, satthā devamanussānaṃ, buddho, bhagavā.[1] So dhammaṃ deseti ādikalyāṇaṃ majjhe kalyāṇaṃ pariyosānakalyāṇaṃ, sātthaṃ[2] savyañjanaṃ[3] kevalaparipuṇṇaṃ parisuddhaṃ brahmacariyaṃ pakāseti. Ayaṃ bhikkhave paṭhamo puggalo loke uppajjamāno uppajjati bahujanahitāya bahujanasukhāya lokānukampāya, atthāya hitāya sukhāya devamanussānaṃ. Puna ca paraṃ bhikkhave tass-eva satthu sāvako arahaṃ hoti khīṇāsavo vusitavā katakaraṇīyo, ohitabhāro anuppattasadattho parikkhīṇabhavasaṃyojano sammadaññāvimutto.[4] So[5] dhammaṃ deseti ādikalyāṇaṃ majjhe kalyāṇaṃ pariyosānakalyāṇaṃ, sātthaṃ[2] savyañjanaṃ[6] kevalaparipuṇṇaṃ parisuddhaṃ brahmacariyaṃ pakāseti. Ayam-pi bhikkhave dutiyo puggalo loke uppajjamāno uppajjati bahujanahitāya bahujanasukhāya lokānukampāya, atthāya hitāya sukhāya devamanussānaṃ. Puna ca paraṃ[7] bhikkhave tass-eva satthu sāvako sekho[8] hoti pāṭipado bahussuto sīlavatūpapanno.[9] So pi dhammaṃ deseti ādikalyāṇaṃ majjhe kalyāṇaṃ pariyosānakalyāṇaṃ, sātthaṃ[2] savyañjanaṃ[10] kevalaparipuṇṇaṃ parisuddhaṃ brahmacariyaṃ pakāseti. Ayam-pi bhikkhave tatiyo puggalo loke uppajjamāno uppajjati bahujanahitāya bahujanasukhāya lokānukampāya, atthāya hitāya sukhāya devamanussānaṃ.[11] Ime kho bhikkhave tayo puggalā loke uppajjamānā uppajjanti bahujanahitāya bahujanasukhāya lokānukampāya, atthāya hitāya sukhāya devamanussānan-ti.[12]

Satthā hi loke paṭhamo mahesi
tass-anvayo sāvako bhāvitatto |

---

[1] bhagavā ti, D. E.
[2] satthaṃ, M. P., *the second time also* Pa.
[3] °byañj°, B. M. P. Pa.
[4] sammād°, B. P. Pa.
[5] yo, C.
[6] °byañj° B. C. M. Pa.
[7] punacaraṃ, P. Pa.
[8] sekkho, D. E.
[9] °vatupap°, B. P.
[10] °byañj°, B. C. M. P. Pa.
[11] °manussānan-ti, D. E.
[12] C. *omits the last piece* (Ime . . . °manussānan-ti), *but wrongly adds*: uppajjamāno uppajjati.

athāparo pāṭipado pi sekho[1]
bahussuto sīlavatūpapanno[2].

Ete tayo devamanussaseṭṭhā[3]
pabhaṃkarā[4] dhammam-udīrayantā[5] |
apāvuṇanti[6] amatassa dvāraṃ
yogā pamocenti[7] bahujanaṃ[8] te[8].

Ye satthavāhena[9] anuttarena
sudesitaṃ maggam-anukkamanti[10] |
idh-eva dukkhassa karonti antaṃ
ye appamattā sugatassa sāsane ti' 5

85. (Tik. IV. 6) A s u b h ā n u p a s s ī bhikkhave kāyasmiṃ viharatha, ānāpānasati[11] ca vo[12] ajjhattaṃ parimukhaṃ sūpaṭṭhitā[13] hotu,[14] sabbasaṃkhāresu aniccānupassino viharatha.[15] Asubhānupassīnaṃ bhikkhave kāyasmiṃ viharataṃ[16] yo subhāya dhātuyā rāgānusayo so pahīyati.[17] Ānāpānasatiyā[18] ajjhattaṃ parimukhaṃ sūpaṭṭhitāya[19] ye

---

[1] sekkho, D. E. [2] °upap°, B.
[3] °manussā s°, B. D. E. [4] pabhaṅk°, B. M. P. Pa.
[5] udirayantā, M.; °iriyanto, D. E.; -udissayanto, C.; -unidissayanto, B.; -udidassanto, P.; udidaṃssanto, Pa.
[6] apāvuṇanti *by conjecture*; apāmuṇanti, B.; apāpunentiti ugghāṭenti, A.; apāpurenti, M.; apāpuranti, C. D. E. P. Pa.
[7] pamocenti, P. Pa.; pamocanti, C. D. E.; pamuccanti, B. M.
[8] bahujanaṃ te, Pa.; °jananto, B.; °jjanante, M.; °jaṇa te, D.; °janā te, C. E. (*also* P. ?).
[9] satta°, C. D. E. P. [10] anuggamanti, M.
[11] āṇāpāṇā s°, B. [12] °sati caro, D. E.; °sati te, C.
[13] su° *all MSS.*; supatiṭṭhitā, B. C. P.
[14] hotu ti, P. Pa.; hoti, C; hotha, M.; honti, B.
[15] viharatha, P. Pa.; *om.* B. C. D. E.
[16] viharatha, B.
[17] pahiyyati, B. M. P. Pa.; pahīyyati, C.
[18] ānāpāṇā s°, B.
[19] su° *all MSS.*; supatiṭṭhitāya, B. C. Pa.

bāhirā vitakkāsayā [1] vighātapakkhikā te na honti. Sabbasaṃkhāresu aniccānupassīnaṃ viharataṃ yā avijjā sā pahīyati,[2] yā vijjā sā uppajjatīti.

Asubhānupassī kāyasmiṃ
ānāpāne [3] patissato [4] |
sabbasaṃkhārasamathaṃ
passaṃ ātāpī [5] sabbadā ||

sa ve [6] sammaddaso [7] bhikkhu
yato tattha vimuccati |
abhiññāvosito santo
sa ve [8] yogātigo [9] muni-ti || 6 ||

86. (Tik. IV. 7) Dhammānudhammapaṭipannassa bhikkhuno ayaṃ[10]-anudhammo hoti, veyyākaraṇāya [11] dhammānudhammapaṭipanno 'yan-ti,[12] bhāsamāno dhammaññeva bhāsati no adhammaṃ, vitakkayamāno vā [13] dhammavitakkaññeva vitakketi no adhammavitakkaṃ, tad-ubhayaṃ abhinivajjetvā [14] upekkhako [15] viharati sato sampajāno ti.

---

[1] °āsiyā, B. C.; vitakkāvisayā, D. E.
[2] pahiyati, C.; pahiyyati, B. M. P. Pa.
[3] āṇāpāna, D.; ānāpāṇa, E.
[4] satisato, D. E.; satiyato, B. C.
[5] °i *all MSS.* [6] ve, D. E. M.; ce, B. C. P. Pa.
[7] sammadasso, M. P. Pa.; sampa°, B.; sammadaso, C.; samaddaso, D. E.
[8] ve, D. E. M. P.; ce, B. C. Pa.
[9] sa veyyagātigo, P.; sa ve yogātito, D. E.; sa ce yogāti (*omitting* go munīti), Pa.; °saṅgātigo, B. M.; °gā, C. *The last gāthā occurs also in sutt. 58 and sutt. 72.*
[10] *Om.* P. Pa. [11] °karaṇassa, C.; °karaṇiyaṃ, P. Pa.
[12] dhammānudhammapaṭipanno 'yan-ti *only* M. *and* Aa., *the other MSS. omit this.* [13] pana, D. E. P. Pa.
[14] abhinivajjetvā, B. M. P. Pa.; abhijjetvā, C.; atinivajj°, D. E.; A. *has* abhinivattetvā, *explaining it by* . . akatvā.
[15] upekhako, D. E.

Dhammārāmo dhammarato
dhammaṃ anuvicintayaṃ[1] |
dhammaṃ anussaraṃ bhikkhu
saddhammā na parihāyati[2] ||

Caraṃ[3] vā yadi vā tiṭṭhaṃ
nisinno udavā sayaṃ |
ajjhattaṃ samayaṃ cittaṃ
santim-evādhigacchatīti || 7 ||

87. (Tik. IV. 8) Tayo-me bhikkhave akusalavitakkā[4] andhakaraṇā acakkhukaraṇā aññāṇakaraṇā paññānirodhikā[5] vighātapakkhikā anibbānasaṃvattanikā. Katame tayo? Kāmavitakko bhikkhave andhakaraṇo acakkhukaraṇo aññāṇakaraṇo paññānirodhiko[5] vighātapakkhiko anibbānasaṃvattaniko. Vyāpādavitakko[6] bhikkhave andhakaraṇo acakkhukaraṇo aññāṇakaraṇo paññānirodhiko[5] vighātapakkhiko anibbānasaṃvattaniko. Vihiṃsāvitakko bhikkhave andhakaraṇo acakkhukaraṇo aññāṇakaraṇo paññānirodhiko[7] vighātapakkhiko anibbānasaṃvattaniko. Ime[8] kho bhikkhave tayo akusalavitakkā[4] andhakaraṇā acakkhukaraṇā aññāṇakaraṇā paññānirodhikā[7] vighātapakkhikā anibbānasaṃvattanikā. Tayo-me bhikkhave kusalavitakkā[9] anandhakaraṇā cakkhukaraṇā ñāṇakaraṇā paññāvuddhikā[7] avighātapakkhikā nibbānasaṃvattanikā. Katame tayo? Nekkhammavitakko[10] bhikkhave anandhakaraṇo cakkhukaraṇo ñāṇakaraṇo paññāvuddhiko[5] avighātapakkhiko nibbānasaṃvattaniko. Avyāpādavitakko[6] bhikkhave anandhakaraṇo cakkhukaraṇo ñāṇakaraṇo paññāvuddhiko avighātapakkhiko nibbānasaṃvattaniko. Avihiṃsāvitakko bhikkhave anandhakaraṇo cakkhukaraṇo ñāṇakaraṇo paññāvuddhiko[5] avighātapak-

---

[1] °cintiyaṃ, C.; cintaraṃ, B. [2] parihāyiti, D. E.
[3] paraṃ, D. E.; *the first half of this gāthā occurs also sutt.* 110, *Aṅg.-Nik.*, *Cat.-Nip.* 11.
[4] akusalā v°, D. E. P. Pa. [5] saññā°, C.
[6] *All MSS. have* by°. [7] saññā°, B. C. [8] imā, P. Pa.
[9] kusalā v°, D. E. [10] nikkh°, B. C.; nikkhama°, M.

khiko nibbānasaṃvattaniko. Ime kho bhikkhave tayo kusalavitakkā[1] anandhakaraṇā cakkhukaraṇā ñāṇakaraṇā paññāvuddhikā[2] avighātapakkhikā nibbānasaṃvattanikā ti.

Tayo vitakke[3] kusale vitakkayo[4]
tayo pana akusale nirākare[5] |
sa ve[6] vitakkāni[7] vicāritāni[7]
sameti vuṭṭhīva[8] rajaṃ[8] samūhataṃ |
sa ve[9] vitakkūpasamena[10] cetasā
idheva so santipadaṃ samajjhagā ti[11] || 8 ||

88. (Tik. IV. 9) Tayo-me bhikkhave antarā malā antarā amittā antarā sapattā antarā vadhakā antarā paccatthikā. Katame tayo? Lobho bhikkhave antarā malo antarā amitto antarā sapatto antarā vadhako antarā paccatthiko. Doso bhikkhave antarā malo antarā amitto antarā sapatto antarā vadhako antarā paccatthiko. Moho bhikkhave antarā malo antarā amitto antarā sapatto antarā vadhako antarā paccatthiko. Ime kho bhikkhave tayo antarā malā antarā amittā antarā sapattā antarā vadhakā antarā paccatthikā ti.

Anatthajanano lobho
lobho cittappakopano[12] |
bhayam-antarato jātaṃ
taṃ jano nāvabujjhati ||

---

[1] kusalā v°, D. E. [2] saññā°, C. [3] vitakkaye, P.
[4] vitakkaye, M. Aa.; vitakke, B. C. D. E. P. Pa.
[5] niyākare, C. [6] ce, B. C. M.; *om.* Pa.
[7] vicāritāni, M.; vihāritāni, D. E.; vicārikāni, B. C. P. Pa.; C. *adds* tā; B. Pa. *add* tāni. *The form* vitakkāni *is in all MSS.;* vitakka *and* vicāra, vitakkitaṃ *and* vicāritaṃ *are combined in Brahmajālasutta, ed. Grimblot, p.* 46 (*cp. the Comm., P. T. S.* 1886, *p.* 121).
[8] vuṭṭhīva, M.; vuṭṭhiva, D. E. P.; vuddhivirajaṃ, B. C.; vuttivirajaṃ, Pa. [9] ce, B. C. M.
[10] vitakkup°, B. M. P. Pa.; vitakkāp°, D. E.; B. *adds* ca. [11] sammajjagā ti, B. [12] cittapa°, M.

Luddho atthaṃ na jānāti
luddho dhammaṃ na passati |
andhaṃ[1] tamaṃ[1] tadā hoti
yaṃ lobho sahate naraṃ ||

Yo ca lobhaṃ pahantvāna[2]
lobhaneyye na lubbhati |
lobho pahīyate[3] tamhā[4]
udabindu[5] va pokkharā ||

Anatthajanano doso
doso cittappakopano[6] |
bhayam-antarato jātaṃ
taṃ jano nāvabujjhati ||

Duṭṭho atthaṃ na jānāti
duṭṭho dhammaṃ na passati |
andhaṃ[1] tamaṃ[1] tadā hoti
yaṃ doso sahate naraṃ ||

Yo ca dosaṃ pahantvāna[2]
dosaneyye na dussati |
doso pahīyate[3] tamhā[4]
tālapakkaṃ[7] va[7] bandhanā ||

Anatthajanano moho
moho[8] cittappakopano[1] |
bhayam-antarato jātaṃ
taṃ jano nāvabujjhati ||

Mūḷho atthaṃ na jānāti
mūḷho dhammaṃ na passati |
andhaṃ[1] tamaṃ[1] tadā hoti
yaṃ moho sahate naraṃ ||

---

1 andhatamaṃ, B. M. P.
2 pahatvānā, D. E. Aa.
3 pahiyate, B. C. M.
4 tamhā, D. E. Aa.; tasmā, B. C. M. P. Pa.
5 udakab°, B.
6 cittapa°, M.
7 tālapakkaṃ va, M.; °pakkamiva *the other MSS.*
8 hoti, D. E.

Yo ca mohaṃ pahantvāna [1]
mohaneyye na muyhati |
mohaṃ vihanti so sabbaṃ
ādicco v-udayaṃ [2] taman-ti [3] || 9 ||

89. (Tik. IV. 10) Vuttaṃ hetaṃ bhagavatā vuttam-arahatā ti me sutaṃ.[4] Tīhi bhikkhave asaddhammehi abhibhūto pariyādinnacitto [5] Devadatto āpāyiko [6] nerayiko kappaṭṭho atekiccho. Katamehi tīhi? Pāpicchatāya bhikkhave abhibhūto pariyādinnacitto [5] Devadatto āpāyiko [7] nerayiko kappaṭṭho atekiccho. Pāpamittatāya bhikkhave abhibhūto pariyādinnacitto [5] Devadatto āpāyiko [8] nerayiko kappaṭṭho atekiccho. Sati [9] kho pana uttari-karaṇīye [10] oramattakena [11] visesādhigamena [12] ca antarā vosānaṃ āpādi.[13] Imehi [14] kho bhikkhave tīhi asaddhammehi abhibhūto pariyādinnacitto [5] Devadatto āpāyiko [15] nerayiko kappaṭṭho atekiccho ti. Etam-atthaṃ bhagavā avoca, tatthetaṃ iti vuccati [4]:

Mā jātu koci lokasmiṃ
pāpiccho upapajjatha [16] |
tadaminā [17] pi jānātha
pāpicchānaṃ yathā gati ||

---

[1] pahatvāna, D. E.
[2] vudaya, B. P. Pa.; vudhayaṃ, C.; udayaṃ, D. E.
[3] gamanti, D. E.
[4] Vuttaṃ°, Etam-atthaṃ°, *only in* M.
[5] B. *and* M. *have always* pariyadiṇṇa° *in this sutta, the other MSS. have the one time* nn, *the other time* ṇṇ.
[6] apāy°, B. C. P. Pa.
[7] apāy°, C. D. E. P. Pa.
[8] apāy°, C. D. P. Pa.
[9] sati, D. E. M; tihi, B. P. Pa; tihi, C.
[10] uttarak°, D. E.; uttarikaraṇiyena, P. Pa.
[11] °mattake, D. E.
[12] °dhikamena, C.
[13] āpādi, D. E. Aa.; āpāti, C.; āpajji, B.; āpajjati, M.
[14] ime, B. C. M.
[15] apāy°, C. D. Pa.
[16] upapajjati, M.
[17] tadāminā, B.

Paṇḍito ti samaññāto [1]
bhāvitatto [2] ti sammato |
jalaṃ [3] va yasasā aṭṭhā [4]
Devadatto ti me sutaṃ ||

So pamādam-anuciṇṇo [5]
āpajja [6] naṃ Tathāgataṃ |
avīcinirayaṃ patto [7]
catudvāraṃ bhayānakaṃ ||

Aduṭṭhassa hi yo [8] dubbhe [9]
pāpakammaṃ akubbato [10] |
tam-eva pāpaṃ phusseti [11]
duṭṭhacittaṃ anādaraṃ ||

Samuddaṃ [12] visakumbhena [13]
yo maññeyya padūsituṃ |
na so [14] tena padūseyya
tasmā [15] hi udadhī [16] mahā [17] ||

Evam-etaṃ [18] Tathāgataṃ
yo vādena vihiṃsati [19] |

---

[1] samaññato, Pa.; sāmaññato, B.
[2] °attho, B. C. [3] jālaṃ, B. C.
[4] aṭṭhā, M.; addhā, B. C. P. Pa. Aa. (*but explaining it by* ṭhito); atthā, D. E.
[5] pamādam, D. E. P. Pa.; pamādaṃ, B. C.; anucinno, C.; pamāṇam-anuciṇṇo, M. Aa., *but* A. *mentions* pamādam-anuyuñjito *as another reading.*
[6] āpajja, B. C. Aa; āsajja, M. P. Pa; ālajja, D. E.
[7] yutto, C. [8] ro, C.
[9] dubbhe, D. E. M. P. Pa.; dubbho, B. C.; dubbho (*sic !*) ti dusseyya. A. [10] akuppato, B. C.
[11] phusseti, C. (*for* phasseti); phuseti, P. Pa.; phussati, B.; phusati, D. E. M. [12] samanta, B.; pasanna, C.
[13] visa°, M.; visakujjhena, B.; vīsakujjhena, C.
[14] yo, C. [15] bhesmā (*sic !*), D. E. M.
[16] udadhī, C. D. E. M.; °i, B. P. Pa. [17] matā, B.
[18] evameva, M. [19] vihīsati, C; vihisati, P.

sammaggataṃ [1] santacittaṃ
vādo tamhi [2] na rūhati [3] ||

Tādisaṃ mittaṃ kubbetha [4]
tañca [5] seveyya paṇḍito |
yassa maggānugo [6] bhikkhu
khayaṃ dukkhassa pāpuṇe ti ||

Ayam-pi attho vutto bhagavatā iti me sutan-ti [7] || 10 ||

Catuttho vaggo.

Tassa uddānaṃ [8] :

Vitakka (80) sakkāra (81) sadda [9] (82)
cavamāna [10] (83) loke [11] (84) asubhaṃ [12] (85) |
dhamma (86) andhakāra (87) malaṃ (88)
Devadattena [13] (89) te [14] dasā-ti [14] ||

90.* (Tik. V. 1) Vuttaṃ hetaṃ bhagavatā vuttam-arahatā ti me sutaṃ.[15] Tayo-me bhikkhave aggappasādā.[16] Katame tayo? Yāvatā bhikkhave [16] sattā apadā [17] vā dvipadā [18] vā catuppadā [19] vā bahuppadā [20] vā rūpino vā arūpino vā saññino vā asaññino vā nevasaññināsaññino vā, tathāgato tesaṃ aggam-akkhāyati yad-[21]idaṃ [21] arahaṃ

[1] samagg°, B. C. M. P. Pa. [2] tabbi, C. [3] ruhati, B.
[4] kubbeti, C.; krubbetha, M. Pa.; kruppetha, B.; krupetha, P. [5] tañce.
[6] °ānubbo, B. [7] Ayam-pi° *only in* M.
[8] Uddānaṃ. *There is no doubt about the catchwords; C. is least corrupt here; the third line is in all MSS. alike. I give only the lectio varia of the endings.*
[9] saddha, D. E.; santa, B. P.; santaṃ, C.; *om.* Pa.
[10] °naṃ, P. Pa.; vacamālā, B. [11] loko, B. D. E. Pa.
[12] asubha, B.D.E.M.P.; asūrā, Pa. [13] Devadatto ti, B. M.
[14] terasa, B.
[15] Vuttaṃ°, Etam-atthaṃ°, Ayam-pi°, *only in* M.
[16] agg° . . . bhikkh°, *om.* C. [17] apādā, P. Pa.
[18] dip°, D. E. [19] catupadā, B. M.; *om.* C.
[20] bahupadā, B. M. [21] *Om.* B. C. M. P. Pa.

* *The whole sutta occurs Aṅg.-Nik., Cat.-Nip.* 34.

sammāsambuddho. Ye bhikkhave buddhe pasannā agge [1] te [1] pasannā, [1] agge kho pana pasannānaṃ aggo vipāko hoti. Yāvatā bhikkhave dhammā saṃkhatā vā asaṃkhatā vā virāgo tesaṃ aggam-akkhāyati, yad-idaṃ madanimmaddano [2] pipāsavinayo ālayasamugghāto vaṭṭupacchedo taṇhakkhayo virāgo nirodho nibbānaṃ.[3] Ye bhikkhave virāge dhamme pasannā agge te pasannā, agge kho pana [4] pasannānaṃ aggo [5] vipāko hoti. Yāvatā bhikkhave saṃghā vā gaṇā vā, tathāgatasāvakasaṃgho [6] tesaṃ aggam-akkhāyati, yad-idaṃ cattāri [7] purisayugāni [8] aṭṭha purisapuggalā, esa bhagavato sāvakasaṃgho āhuneyyo [9] pāhuṇeyyo [10] dakkhiṇeyyo añjalikaraṇīyo [11] anuttaraṃ puññakkhettaṃ [12] lokassa.[13] Ye bhikkhave saṃghe pasannā agge te pasannā, agge kho pana [14] pasannānaṃ [14] aggo [14] vipāko hoti. Ime kho bhikkhave tayo aggappasādā [15] ti. Etam-atthaṃ bhagavā avoca, tatthetaṃ iti vuccati [16]:

> Aggato [17] ve pasannānaṃ
> aggaṃ dhammaṃ [18] vijānataṃ |
> agge buddhe pasannānaṃ
> dakkhiṇeyye anuttare |
>
> agge dhamme pasannānaṃ
> virāgūpasame sukhe |
> agge saṃghe pasannānaṃ
> puññakkhette anuttare ||

---

[1] *Om.* D. E.
[2] °nimmadano, B. C. D. E.; maddanimmaddano, P. Pa.
[3] nibbānan-ti, B. M.   [4] *Om.* C.   [5] aggo, C.
[6] tathāgatassa sāvakaṃ saṃgho, B.
[7] *Om.* B. C.   [8] °yuggāni, B.   [9] āhuṇ°, B. E. Pa.
[10] pāhun°, C. D. M. P.   [11] °iyo, B. M.; °iyyo, P. Pa.
[12] puññakh°, B.   [13] lokassā ti, D. E.
[14] *Om.* B.   [15] aggapas°, B. C. M.
[16] Etam-atthaṃ° *only in* M.
[17] agge, C. *In* Pa. *the first two gāthās are omitted.*
[18] aggadhammaṃ, B. P.

aggasmiṃ dānaṃ dadataṃ
aggaṃ puññaṃ pavaḍḍhati [1] |
aggaṃ āyu ca vaṇṇo ca
yaso kitti sukhaṃ balaṃ [2] ||

Aggassa dātā medhāvi [3]
aggadhammasamāhito |
devabhūto manusso vā
aggappatto [4] pamodatīti [5] ||
Ayam-pi attho vutto bhagavatā iti me sutan-ti || 1 ||

91. (Tik. V. 2) Antam-idaṃ bhikkhave jīvikānaṃ [6] yad [7]-idaṃ [7] piṇḍolyaṃ, abhilāpāyaṃ [8] bhikkhave lokasmiṃ Piṇḍolo vicarasi pattapāṇīti. Tañca kho etaṃ bhikkhave kulaputtā upenti atthavasikā [9] atthavasaṃ [9] paṭicca, neva rājābhinītā na corābhinītā na iṇaṭṭhā [10] na bhayaṭṭhā [11] na ājīvikā [12] pakatā. [13] Apica kho [14] otiṇṇamhā [15] jātiyā jarāya [16] maraṇena sokehi paridevehi dukkhehi domanassehi upāyāsehi dukkhābhikiṇṇā [17] dukkhaparetā, appeva nāma imassa kevalassa dukkhakkhandhassa antakiriyā [18] paññāyethā ti. Evaṃ pabbajito cāyaṃ [19] bhikkhave kulaputto

---

[1] pavuḍḍhati, B.; pavaḍḍati, M. [2] phalaṃ, B.
[3] °ī, M. P. Pa.; °i, B. C. D. E.
[4] aggapatto, B. M. P. Pa. [5] *Without* iti, B. C. P.
[6] jīvitaṃ, C. [7] *Om.* C.
[8] abhipāyaṃ, C.; abhipāpāyaṃ, B.; abhisāpāyaṃ, P. Pa.; °sapāyaṃ, M.; atisappāyaṃ, D. E.
[9] atta°, C. [10] iṇaṭṭā, M.; iṇaddhā, B.; inaddā, C.
[11] bhayaṭṭā, M.; bhayatā, C.
[12] ājivikā, D. E.; ājīvika, B. M. P. Pa.; ājīvaka, C.
[13] vakatā, D. E.; paṇatā, B.
[14] kho pana, C.
[15] otiṇṇamhā ca, D. E. [16] jarāmar°, B. C.
[17] dukkhātiṇṇā, C. Pa.; dukkhotiṇṇā, B. M. P.
[18] °kiriyāya, B. C. [19] vāyaṃ, D. E.

so[1] ca[2] hoti abhijjhālū[2] kāmesu[3] tibbasārāgo[4] vyāpannacitto[4] paduṭṭhamanasaṅkappo muṭṭhassati[5] asampajāno asamāhito vibbhantacitto pākatindriyo. Seyyathā pi bhikkhave chavālātaṃ ubhato padittaṃ majjhe gūthagataṃ[6] neva gāme kaṭṭhatthaṃ[7] pharati[8] na araññe, tathūpamāhaṃ bhikkhave imaṃ puggalaṃ vadāmi, gihibhogā[9] ca parihīno sāmaññatthañca na paripūretīti.

Gihibhogā ca parihīno
sāmaññatthañca dubbhago[10] |
paridhaṃsamāno[11] pakireti[12]
chavālātaṃ va[13] nassati ||

Seyyo ayoguḷo[14] bhutto
tatto aggisikhūpamo |
yañce bhuñjeyya dussīlo
raṭṭhapiṇḍaṃ asaññato ti || 2 ||

92. (Tik. V. 3) Saṅghāṭikaṇṇe[15] ce[15] pi bhik-

---

[1] so ca *om.* B. C. M. P. Pa.

[2] °lū, E.; °lu, B. M. P. Pa.; D. *and* C. *have a letter which looks like* ph, *with the small curved line as in* ṭṭha *or* ñca.

[3] kāmesu ca, P. Pa.

[4] tippa°, B. P. Pa.; tibbarāgo, C. D. E.; *see the next sutta. All MSS. except* D. E. *have* by°. [5] muṭṭhasati, M.

[6] gūdha°, B.; gudha°, P. Pa. [7] kaṇṭhatthaṃ, C.

[8] parati, C. P. [9] gihī°, C. E.; gihi°, B.

[10] dubhago, Aa.; dubhavo, B.; dubhato, D. E. (*with* ū, E.); dubhagata, P.; duggato, M.; duggati, Pa; °tiṃ, C.

[11] paridhaṃs°, D. E. M. P. Pa.; paritaṃsamāno ti vinayamāno, A.; parittaṃs°, B.; pariccaṃs°, C.

[12] pakī°, C. M.; pariki°, B.

[13] va, M.; ca, C. D. E.; °lātañca, B; P. *is corrupt here, and* Pa. *omits the two words.*

[14] °gulo, C. D. E.; guḷo, P.; guḷho, B. M. Pa.—*The second gatha occurs also in sutt.* 48.

[15] ce *om.* D. E.; saṃghāṭikaṇṇañce, C.

khave bhikkhu[1] gahetvā piṭṭhito[2] anubandho assa pāde pādaṃ nikkhipanto so ca hoti abhijjhālū[3] kāmesu tibbasārāgo[4] vyāpannacitto[4] paduṭṭhamanasaṃkappo muṭṭhassati asampajāno asamāhito vibbhantacitto pākatindriyo, atha kho so ārakā va[5] mayhaṃ ahañca tassa. Taṃ kissa hetu? Dhammaṃ hi so bhikkhave bhikkhu na passati dhammaṃ apassanto[6] na[7] maṃ[7] passati. Yojanasate ce pi so[8] bhikkhave bhikkhu vihareyya, so ca hoti anabhijjhālū[9] kāmesu na tibbasārāgo[10] avyāpannacitto[10] appaduṭṭhamanasaṃkappo[11] upaṭṭhitasati sampajāno samāhito ekaggacitto saṃvutindriyo,[12] atha kho so santike va mayhaṃ ahañca[13] tassa.[13] Taṃ[14] kissa hetu? Dhammaṃ hi so bhikkhave bhikkhu passati, dhammaṃ passanto maṃ passatīti.

Anubandho pi ce assa
mahiccho[15] va[16] vighātavā |
ejānugo[17] anejassa
nibbutassa anibbuto |
giddho[18] so vītagedhassa
passa yāvañca ārakā[19] ||

Yo[20] ca dhammam-abhiññāya
dhammam-aññāya paṇḍito |

---

[1] bhikkhuno, B.
[2] piṭṭhito piṭṭhito, C.; *cp. Brahmajālas., ed. Grimblot, p.* 2.
[3] °lu, B. D. P. Pa.; C. *has here the same letter as in sutt.* 91.
[4] tippa°, B. P. Pa.; tibbarāgo, C. D. E. *All MSS. have* by°. (*See sutt.* 91.)
[5] ca, B.
[6] na pass°, B.
[7] maṃ na, D. E. Pa.
[8] me, D. E. P. Pa.
[9] °lū, E.; °lu, *the other MSS.*
[10] tippa°, B. C. P. Pa. *All MSS. except* D. E. *have* by°.
[11] apadu°, B. C. M.
[12] saṃvutindriyacitto, B. C.
[13] ahañcassa, M.; ahañca, B.
[14] *Om.* B.
[15] mahijjho, C.
[16] ca, B. D. E. M.
[17] ojānugo, D. E.; ejādāso, M.; ejāsā, B.
[18] yiddho, C.
[19] Pa. *has here the last pāda of the third gāthā, omitting all between.*
[20] so, C. M.

rahado va nivāto ca [1]
anejo [2] vupasammati ||

Anejo so anejassa
nibbutassa ca nibbuto [3] |
agiddho [4] vītagedhassa
passa yāvañca santiko ti || 8 ||

93. (Tik. V. 4) Tayo-me bhikkhave aggī.[5] Katame tayo? Rāgaggi, dosaggi, mohaggi. Ime kho bhikkhave tayo aggīti.

Rāgaggi [6] dahati [6] macce [7]
ratte [8] kāmesu mucchite |
dosaggi pana vyāpanne [9]
nare pāṇātipātino [10] ||

mohaggi pana sammūḷhe [11]
ariyadhamme akovide [12] |
ete aggī [5] ajānantā [13]
sakkāyābhiratā pajā ||

Te vaḍḍhayanti [14] nirayaṃ
tiracchānañca yoniyo [15] |

---

[1] rahado upanivāto va, P.; dahado upanivāto ca, B. C.; dahado vupanivāto, M. (*without* va *or* ca); rahado ca nivāto ca, D. E.; *the explanation in* A. *is*: nivātaṭṭhāne rahado viya. [2] anejā, B. C.

[3] nibb° sa nibb°, M.; nibbutassa anibbuto, B. C. P.

[4] agiddho so, B. M.; aviddho so, C. P.

[5] aggī, M.; *the other MSS. have* °i.

[6] rāgakkhi dhahati, C. [7] macco, B. C. [8] ratto, B. C.

[9] *All MSS. except* D. E. *have* by°; byāpanno, B. C.

[10] °pātine, C.; °pātane, B.; °pātiko, P. Pa.

[11] saṃmuḷhe, M. Pa.; sammūḷho, D. E.; saṃ°, C. P. (u); samuḷho, B.

[12] akovido, C. D. E.; °vidhe, P.; °vidho, B.

[13] ajānanto, P. Pa.

[14] vaḍḍayanti, M.; vaḍayhanti (?), Pa.; vappayhanti, P.; vaḍayihanti, C. [15] yoniyā, P. Pa.; yoniso, C.

asuraṃ pettivisayañca [1]
amuttā mārabandhanā [2] ||

Yo ca [3] rattiṃ divā yuttā
sammāsambuddhasāsane |
te nibbāpenti rāgaggiṃ [4]
niccaṃ asubhasaññino ||

dosaggiṃ [5] pana mettāya
nibbāpenti naruttamā |
mohaggiṃ [4] pana paññāya [6]
yāyaṃ [7] nibbedhagāminī [8] ||

Te nibbāpetvā nipakā
rattindivam-atanditā [9] |
asesaṃ parinibbanti
asesaṃ dukkham-accaguṃ [10] ||

Ariyaddasā [11] vedaguno [12]
sammad-aññāya paṇḍitā |
jātikkhayaṃ [13]-abhiññāya
nāgacchanti punabbhavan-ti || 4 ||

94. (Tik. V. 5) Tathā [14] tathā [14] bhikkhave bhikkhu upa-

---

[1] asuraṃ (*for* asuranikāyaṃ ?), D. E. M. P.; asure, B. Pa.; asura°, C.; pitti°, B. C. M. P. Pa.; °visayaṃ, *without* ca, M. [2] māna°, B. [3] *Om.* C.

[4] °iṃ, M; *all other MSS.* °i.

[5] °iṃ, M.; °aṃ, D. E.; *the other MSS.* °i.

[6] saññāya, C. [7] *Om.* D. E. [8] °gāminaṃ, M.

[9] rattiṃ divā atantitā, B.

[10] accaguṃ, M.; accagū, C.; ajjagū, B.; ajjhagā, D. E. P.; añcagā, Pa.

[11] ariyaddasā, M. P.; ariyadusā, D. E.; ariyaddhaso, B. C.; ariyassa, Pa.; *also the MS. of* A. (ariyatthasā ti Aa.) *is corrupt here; see sutt.* 95, *where the same gāthā reoccurs.* [12] °guṇo, D. E. P.; gunā, B.; guṇā, C.

[13] °m, M.; *the other MSS.* °ṃ. [14] tathāgatā, C.

parikkheyya,[1] yathā yathā[2] upaparikkhato[3] bahiddhā cassa[4] viññāṇaṃ avikkhittaṃ[5] hoti avisaṭaṃ[6] ajjhattaṃ asaṇṭhitaṃ[7] anupādāya[8] aparitassato āyatiṃ[9] jātijarāmaraṇadukkhasamudayasambhavo na hotīti.

Sattasaṅgapahīnassa[10]
netticchinnassa bhikkhuno |
vikkhīṇo[11] jātisaṃsāro
natthi tassa punabbhavo ti || 5

95. (Tik. V. 6) Tisso imā bhikkhave kāmupapattiyo.[12] Katamā tisso? Paccupaṭṭhitakāmā[13] nimmānaratino paranimmitavasavattino.[14] Imā kho bhikkhave tisso[15] kāmupapattiyo[12] ti.

Paccupaṭṭhitakāmā ca
ye devā vasavattino |
nimmānaratino devā
ye caññe kāmabhogino ||

itthabhāvaññathābhāvaṃ[16]
kāmabhogesu paṇḍito[17] |
sabbe pariccaje[18] kāme
ye[19] dibbā ye ca mānusā ||

---

[1] uparuparikkheyya, B.; upaparikkheyyaṃ, P. Pa.
[2] yathā yathāyaṃ, D. E.; yathā yathassupaparikkhato, P. Pa.
[3] °kkhito, C.; °kkhitto, B.
[4] passa, D. E.
[5] vikkh°, C.
[6] avisaṭaṃ, B.; °daṃ, C.
[7] asaṇṭhitā, D. E.; asaṇḍitaṃ, P.
[8] anuppā°, C.
[9] āyatiṃ, M.; *all other MSS.* °i.
[10] tatthasaṅga°, C.
[11] vikkhaṇo, C.
[12] kāmūp°, E.
[13] °kāmo, B. C.
[14] parinimmitavassa°, B.
[15] *Om.* B. C.
[16] itthibhā°, C.; na ittha°, B.
[17] saṇṭhitā, D. E.
[18] paricajje, B.; paribbaje, P.
[19] ye ca dippā, P. Pa.; te nibbā, C.

Piyarūpasātagadhitaṃ [1]
chetvā sotaṃ [2] duraccayaṃ [2] |
asesaṃ parinibbanti
asesaṃ dukkham-accaguṃ [3] ||

Ariyaddasā [4] vedaguno [5]
sammad-aññāya paṇḍitā |
jātikkhayam [6]-abhiññāya
nāgacchanti punabbhavan-ti || 6 ||

96. (Tik. V. 7) Kâmayogayutto [7] bhikkhave bhavayogayutto āgâmī [8] hoti āgantā [9] itthattaṃ [10]; kāmayogavisaññutto [11] bhikkhave bhavayogayutto [12] anāgāmi [13] hoti anāgantā [14] itthattaṃ [10]; kāmayogavisaññutto bhikkhave bhavayogavisaññutto [15] arahā [16] hoti khīṇāsavo ti.

Kāmayogena saññuttā [17]
bhavayogena cūbhayaṃ |

---

[1] °sātagadhitaṃ, B. M.; *cp. Udānaṃ* II. 7: piyarūpasātagadhitā ve devakāyā puthumanussā ca; °sātarādhitaṃ, C.; °sātarāmitaṃ, B.; °sātarūpagadhitaṃ, D. E. P. Pa., *also* Aa., *cp. sutt.* 109. [2] hetaṃ duccarayaṃ, C.

[3] ajjaguṃ, B.; ajjhagū, D. E.; *cp. sutt.* 98.

[4] ariyaddasā, B. D. E. M. P. Pa.; ariyantasā, C.; *cp. sutt.* 98, *where the same gāthā occurs.*

[5] °guṇo, C. E.; °guṇā, B.

[6] °m, M.; *the other MSS.* °ṃ. [7] kāmarāgayutto, B.

[8] āgāmī, M.; anāgâmi, B. C. D. E.; adho āgāmi, P.; adhobhāgâmi, Pa.

[9] āgantā, *only* M.; *the other MSS.* âgantvā, *also* A. (*though explaining it by* āgamanadhammo).

[10] itthatthaṃ, C. P.

[11] °yogasaññutto, C. [12] °yogavisaṃyutto, B. C. P. Pa.

[13] °ī, *only* M.; *the other MSS.* °i.

[14] anāgantā, *only* M.; anāgatā, B.; *the other MSS.* °antvā. [15] bhavarāga°, B.; bhagavayoga°, P.

[16] araha, C.; arahaṃ, D. E. P. Pa.

[17] *Cp. Aṅg.-Nik., Cat.-Nip.* 10, 8.

sattā[1] gacchanti saṃsāraṃ
jātimaraṇagāmino[2] ||

Ye ca kāme pahantvāna[3]
appattā āsavakkhayaṃ[4] |
bhavayogena saññuttā[5]
anāgāmīti vuccare ||

Ye ca kho chinnasaṃsayā[6]
khīṇamānapunabbhavā |
te ve[7] pāraṃgatā[8] loke
ye pattā[9] āsavakkhayan-ti || 7 ||

Tatiyabhāṇavāraṃ.

97. (Tik. V. 8) Kalyāṇasīlo bhikkhave bhikkhu kalyāṇadhammo kalyāṇapañño imasmiṃ dhammavinaye kevalī[10] vusitavā uttamapuriso ti vuccati. Kathañca bhikkhave bhikkhu kalyāṇasīlo hoti? Idha bhikkhave bhikkhu sīlavā hoti pātimokkhasaṃvarasaṃvuto viharati, ācāragocarasampanno anumattesu[11] vajjesu bhayadassāvī samādāya sikkhati sikkhāpadesu, evaṃ kho bhikkhave bhikkhu kalyāṇasīlo hoti. Iti kalyāṇasīlo. Kalyāṇadhammo ca kathaṃ hoti? Idha bhikkhave bhikkhu sattannaṃ[12] bodhipakkhikānaṃ dhammānaṃ bhāvanānuyogam-anuyutto viharati, evaṃ kho bhikkhave bhikkhu kalyāṇadhammo hoti. Iti kalyāṇasīlo kalyāṇadhammo. Kalyāṇapañño ca kathaṃ

---

[1] satthā, B. P.

[2] *All MSS. but* M. *add* ti; °gāmino ti, B. P. Pa.; °gāminanti, C. D. E. [3] pahantāna, B. P.; pahatvāna, D. E.

[4] °kkhayanti, B. C. [5] *All MSS.* saṃy°.

[6] chinnasaṃsayā, C. M. Aa.; bhinna°, B.; tinnasaṃsāraṃ, D. E.; khiṇasaṃsārā, P., °ro, Pa.

[7] vo, P.; va, C. D.; ce, B.

[8] pāyaṃg°, P.; pāragatā, D. E.

[9] sattā, B. C.; bhattā, Pa. [10] kevalaṃ, B. C.

[11] anuppattesu, C.

[12] sattannaṃ, M. Aa., *cp. sutt.* 82; *the other MSS. have* satataṃ.

hoti? Idha bhikkhave bhikkhu āsavānaṃ khayā anāsavaṃ cetovimuttiṃ[1] paññāvimuttiṃ[1] diṭṭhe va dhamme sayaṃ abhiññāya[2] sacchikatvā upasampajja viharati, evaṃ kho bhikkhave bhikkhu kalyāṇapañño hoti. Iti kalyāṇasīlo kalyāṇadhammo kalyāṇapañño imasmiṃ[3] dhammavinaye[3] kevalī[4] vusitavā uttamapuriso ti vuccatīti.[5]

Yassa kāyena vācāya
manasā natthi dukkaṭaṃ |
taṃ ve[6] kalyāṇasīlo ti
āhu bhikkhuṃ[7] hirīmataṃ[8] ||

Yassa dhammā subhāvitā[9]
pattasambodhigāmino[10] |
taṃ ve[6] kalyāṇadhammo ti
āhu bhikkhuṃ[7] anussadaṃ[11] ||

Yo dukkhassa pajānāti
idheva[12] khayam-attano |
taṃ ve[6] kalyāṇapañño[13] ti
āhu bhikkhuṃ[7] anāsavaṃ ||

Tehi dhammehi sampannaṃ
anighaṃ chinnasaṃsayaṃ |
asitaṃ[14] sabbalokassa
āhu sabbappahāyinan[15]-ti || 8 ||

[1] °vimutti, B. C. P. Pa.

[2] abhiññā, B. Pa. M.; *cp. sutt.* 99, *and Puggalapaññatti*, III. 1, *where the same sentence occurs.*

[3] *Om.* D. E.

[4] kevalaṃ, B. C.

[5] vuccati, C.; °puriso hotīti vuccati, B.

[6] ce, B.

[7] bhikkhu, B. C. P. Pa. M.

[8] hirīmataṃ, D. E.; hirimatan-ti hirimantaṃ hirisampannaṃ, A.; hirīmanaṃ, B. C. P. Pa. M.

[9] sabh°, D. E.

[10] °sambodha°, C. M.; pattaṃsambodhi°, P. Pa.; sattaṃsambodha°, B.

[11] anussataṃ, D. E.; anussaraṃ, B. C.

[12] idhevā, B.

[13] °dhammo, C. P. Pa.

[14] ahitaṃ, C.; appitaṃ, B.

[15] sabbapah°, B. C. M.

98 (Tik. V. 9) * Dve-māni [1] bhikkhave dānāni āmisadānañca [2] dhammadānañca, etad-aggaṃ bhikkhave imesaṃ dvinnaṃ dānānaṃ yad-idaṃ dhammadānaṃ. Dve-me bhikkhave saṃvibhāgā āmisasaṃvibhāgo [3] ca dhammasaṃvibhāgo ca, etad-aggaṃ bhikkhave imesaṃ dvinnaṃ saṃvibhāgānaṃ yad-idaṃ dhammasaṃvibhāgo. Dve-me bhikkhave anuggahā āmisānuggaho [4] ca dhammānuggaho ca, etad-aggaṃ bhikkhave imesaṃ dvinnaṃ anuggahānaṃ yad-idaṃ dhammānuggaho ti.

Yam-āhu dānaṃ paramaṃ anuttaraṃ
yaṃ saṃvibhāgaṃ bhagavā avaṇṇayi |
aggamhi [5] khettamhi [5] pasannacitto
viññū pajānaṃ ko na yajetha [6] kāle ||

Ye ceva bhāsanti suṇanti cūbhayaṃ
pasannacittā sugatassa [7] sāsane |
tesaṃ so attho paramo visujjhati
ye appamattā sugatassa [7] sāsane ti || 9 ||

99 (Tik. V. 10) Vuttaṃ hetaṃ bhagavatā vuttam-arahatā ti me sutaṃ.[8] Dhammenāhaṃ bhikkhave tevijjaṃ brāhmaṇaṃ [9] paññāpemi, nāññaṃ [10] lapitalāpanamattena. Kathañcāhaṃ [11] bhikkhave dhammena tevijjaṃ brāhmaṇaṃ paññāpemi nāññaṃ [12] lapitalāpanamattena?—Idha bhikkhave bhikkhu anekavihitaṃ pubbenivāsaṃ anussarati,

---

[1] imāni, B. C. M.
[2] āmissa°, B. D. E; ca, *om.* D. E. [3] āmissaṃ°, P.
[4] āmisa anu°, D. E.; āmissanu°, M.; āmissānu°, B.
[5] aggadakkhiṇakhettamhi, B. [6] yajeya, P.
[7] sugg°, P. Pa.
[8] Vuttaṃ°, Etam-atthaṃ°, Ayam-pi°, *only in* M.
[9] B. P. Pa. *have always* brahm°, *but* M. brāhm°.
[10] naññaṃ, M.; na aññaṃ, B. C. P. Pa.
[11] Kathañca, M.
[12] naññaṃ, M.; na aññaṃ, C. P. Pa.; anaññaṃ, B.

---

* *Cp. sutta* 100, *and Aṅguttara Nikāya* II. xiii.

seyyathīdaṃ ekam-pi jātiṃ[1] dve pi jātiyo tisso pi jātiyo catasso pi jātiyo pañca[2] pi[2] jātiyo[2] dasa[3] pi[3] jātiyo vīsam-pi[4] jātiyo tiṃsam-pi[5] jātiyo cattālīsam-pi jātiyo paññāsam-pi jātiyo, jātisatam-pi jātisahassam-pi jātisatasahassam-pi, aneke pi saṃvaṭṭakappe aneke pi vivaṭṭakappe aneke pi saṃvaṭṭavivaṭṭakappe amutrāsiṃ[6] evaṃnāmo[7] evaṃgotto evaṃvaṇṇo evamāhāro evaṃsukhadukkhapaṭisaṃvedī[8] evamāyupariyanto, so tato cuto amutra udapādiṃ,[9] tatrāpāsiṃ[10] evaṃnāmo evaṃgotto evaṃvaṇṇo evamāhāro evaṃsukhadukkhapaṭisaṃvedī[11] evamāyupariyanto, so tato cuto idhūpapanno ti. Iti sākāraṃ sauddesaṃ anekavihitaṃ pubbenivāsaṃ anussarati. Ayamassa paṭhamā vijjā adhigatā hoti, avijjā vihatā vijjā uppannā, tamo vihato āloko uppanno, yathā taṃ appamattassa ātāpino pahitattassa viharato.—Puna ca paraṃ bhikkhave bhikkhu dibbena cakkhunā visuddhena atikkantamānusakena[12] satte passati cavamāne uppajjamāne hīne paṇīte suvaṇṇe dubbaṇṇe sugate duggate, yathākammūpage satte pajānāti. Ime vata[13] bhonto sattā kāyaduccaritena samannāgatā vacīduccaritena[14] samannāgatā[14] manoduccaritena[15] samannāgatā,[15] ariyānaṃ upavādakā micchādiṭṭhikā micchādiṭṭhikammasamādānā, te kāyassa bhedā param-maraṇā apāyaṃ duggatiṃ vinipātaṃ nirayaṃ upapannā. Ime vā pana bhonto sattā kāyasucaritena samannāgatā vacīsucaritena[16] samannāgatā[16] manosucari-

---

1 jāti, C.P.Pa. 2 *Om.* C.D.E.P.Pa. 3 dasampi, B.C.P.Pa.
4 vīsampi, C.; visampi, B.; visaṃpi, P. Pa.; vīsatimpi, D. E.; viṃsampi, M. 5 tisampi, B.
6 amutrāsiṃ, C. M.; °si, B. D. E. P. Pa.
7 *Om.* D. E. 8 °vedi, B. C. P. Pa.
9 udapādiṃ, M.; °di, B. C. P. Pa.; uppādi, D. E.
10 tatrūpāsan-ti, Aa.; °āsi, *without* ṃ, *all other MSS.*; tatrāsāpi, D. E.; tatrāsi, C. 11 °vedi, B. C.
12 °mānussakena, B. M. P. Pa. 13 ca pana, B. C.
14 *Intentionally omitted in all MSS. See sutt.* 70, 71.
15 ducc° sam°, *intentionally omitted in* D. E.
16 *Not omitted in* D. E. *See sutt.* 70, 71.

tena samannāgatā ariyānaṃ anupavādakā sammādiṭṭhikā sammādiṭṭhikammasamādānā, te kāyassa bhedā parammaraṇā sugatiṃ saggaṃ lokaṃ upapannā ti. Iti dibbena cakkhunā visuddhena atikkantamānusakena [1] —pe— yathākammūpage satte pajānāti. Ayam-assa dutiyā vijjā adhigatā hoti, avijjā vihatā vijjā uppannā, tamo vihato āloko uppanno, yathā taṃ appamattassa ātāpino pahitattassa viharato.—Puna ca paraṃ bhikkhave bhikkhu āsavānaṃ khayā anāsavaṃ cetovimuttiṃ [2] paññāvimuttiṃ [2] diṭṭhe va dhamme sayaṃ abhiññāya [3] sacchikatvā upasampajja viharati. Ayam-assa tatiyā vijjā adhigatā hoti, avijjā vihatā vijjā uppannā, tamo vihato āloko uppanno, yathā taṃ appamattassa ātāpino pahitattassa viharato. Evaṃ kho ahaṃ bhikkhave dhammena tevijjaṃ brāhmaṇaṃ paññāpemi nāññaṃ [4] lapitalāpanamattenā-ti.— Etam-atthaṃ bhagavā avoca, tatthetaṃ iti vuccati [5]:

[Pubbenivāsaṃ yo vedi
saggāpāyañca brāhmaṇaṃ |
paññāpemi na ca aññaṃ
lapitalāpanamattena||] [6]

Pubbenivāsaṃ yo vedi [7]
saggāpāyañca passati [8] |
atha [9] jātikkhayaṃ [10] patto
abhiññāvosito [11] muni||

---

[1] °mānussakena, B. M. P. Pa.

[2] °vimuttiṃ, M.; *without* ṃ, B. C. D. E. P. Pa.; *see the same passage in sutt.* 97.

[3] abhiññā, B. C. M.

[4] na aññaṃ, C. M.; anaññaṃ, B.

[5] Etam° *only in* M.

[6] *This gāthā only in* B. *and* C.; *it is a later addition.*

[7] vedi, *for Skr.* veda? A. *explains it by* jānāti, *but Childers takes it Dhp. gāth.* 423, *where the same gāthā occurs, as the adj.* vedi; *cp. also Aṅguttara Nikāya* III, 58, 6 *and* 59, 4.

[8] -passato, C.

[9] atho, D. E.

[10] jātikhayaṃ, B.

[11] abhiññādesito, C.

etāhi tīhi vijjāhi
tevijjo hoti brāhmaṇo |
tam-ahaṃ[1] vadāmi tevijjaṃ
nāññaṃ[2] lapitalāpanan-ti || 10 ||

Ayam-pi[3] attho vutto bhagavatā iti me sutan-ti[4] || 10 ||

|| Pañcamo vaggo ||

Tass-uddānaṃ[5] :

Pasāda[6] (90) jīvita[7] (91) saṅghāṭi[8] (92)
aggi (93) upaparikkhayā (94) |
upapatti (95) kāma (96) kalyāṇaṃ (97)
dānaṃ (98) dhammena (99) te dasā-ti ||

|| Tikanipātaṃ[9] niṭṭhitaṃ ||

100. (Cat. 1) Vuttaṃ hetaṃ bhagavatā vuttam-arahatā ti me sutaṃ.[10] Aham-asmi[11] bhikkhave[12] brāhmaṇo[13] yācayogo sadā payatapāṇi antimadehadhāro[14] anuttaro bhisakko sallakatto. Tassa me tumhe puttā orasā[15] mukhato jātā dhammajā dhammanimmitā[16] dhammadāyādā no āmisadāyādā.[17] Dve-māni bhikkhave dānāni āmisa-

---

[1] tasmāhaṃ, P. Pa.
[2] naññaṃ, M.; na aññaṃ, B. C. P. Pa.
[3] M. *om.* pi.
[4] Ayam° *only in* M.
[5] Tassudānaṃ, M.; *the other MSS.* vaggassa uddānaṃ (*with one* d, P. Pa.)
[6] pās°, B. C. D. E.
[7] vijita, B.; jīvitā, D.; jīvikā, E.
[8] °ti, B. C.
[9] Tikka°, B. M. P. Pa.
[10] Vuttaṃ°, Etam-atthaṃ°, Ayam-pi°, *only in* M. *For the contents of this sutta cp. sutt.* 98.
[11] asmiṃ, C. D. E.
[12] bhikkhave bhikkhu, B. C. P. Pa.
[13] brahm°, B. P. Pa.
[14] °dhāro, B. M.; *the other MSS.* °dharo.
[15] orasa, D. E.; B. *repeats* puttā *after* orasā; *for the whole passage cp.* Assalāyanasutta, *ed. Pischel*, p. 9.
[16] °nimittā, D. E. Pa.
[17] āmisa°, P. Pa.

dānañca [1] dhammadānañca, etad-aggaṃ bhikkhave imesaṃ [2] dvinnaṃ dānānaṃ yad-idaṃ dhammadānaṃ. Dveme [3] bhikkhave saṃvibhāgā, āmisasaṃvibhāgo [4] ca [2] dhammasaṃvibhāgo [5] ca,[5] etad-aggaṃ bhikkhave imesaṃ dvinnaṃ saṃvibhāgānaṃ yad-idaṃ dhammasaṃvibhāgo. Dve-me bhikkhave anuggahā, āmisānuggaho [6] ca dhammānuggaho ca, etad-aggaṃ bhikkhave imesaṃ dvinnaṃ anuggahānaṃ yad-idaṃ dhammānuggaho. Dve-me bhikkhave yāgā, āmisayāgo ca [5] dhammayāgo ca, etad-aggaṃ bhikkhave imesaṃ dvinnaṃ yāgānaṃ yad-idaṃ dhammayāgo-ti. Etam-atthaṃ bhagavā avoca, tatthetaṃ iti vuccati : [7]

Yo dhammayāgaṃ ayajī [8] amacchari [9]
tathāgato sabbabhūtānukampī [10] |
taṃ tādisaṃ devamanussaseṭṭhaṃ [11]
sattā [12] namassanti bhavassa pāragun-ti [13] ||

Ayam--pi [14] attho vutto bhagavatā iti me sutan-ti [7] || 1 ||

101. (Cat. 2) * Cattāri-māni bhikkhave appāni ceva sulabhāni ca [15] tāni [15] ca [15] anavajjāni. Katamāni cattāri? Paṃsukūlaṃ bhikkhave cīvarānaṃ [16] appañca sulabhañca tañca anavajjaṃ. Piṇḍiyālopo bhikkhave bhojanānaṃ [17] appañca sulabhañca tañca anavajjaṃ. Rukkhamūlaṃ bhik-

---

[1] āmissa°, B. P. Pa. [2] *Om.* D. E

[3] Ime dve me, C. [4] āmissa°, B.

[5] *Om.* C. [6] āmissanu°, B. ; āmissa anu°, Pa.

[7] Etam-attham°, Ayam-pi°, *only in* M.

[8] ayaji, M. E.; ayaji, D. Pa.; asaji, P.; assajī, C.; assaji, B. [9] °i, B. P. Pa.

[10] sabbasattānukampiti, Aa. ; M. *has the* || *after* °kampi, *but in the other MSS.* °kampitaṃ *is written together, in* B. *with* || *after* taṃ, *in* C. *even* °kampinaṃ.

[11] °manussānaṃ seṭṭhaṃ, B. C. [12] sakkā, C.

[13] °guti, B. C. P. ; °gūti, Pa. [14] M. *om.* pi.

[15] gatāni ca, P. ; tāni ca, Pa. ; tāni cattāri, C.

[16] cīvaraṃ, D. E. [17] bhojanaṃ, D. E.

---

* *The whole sutta occurs Aṅguttara Nik. Cat.* 27.

khave senāsanānaṃ [1] appañca sulabhañca tañca anavajjaṃ. Pūtimuttaṃ bhikkhave bhesajjānaṃ [2] appañca sulabhañca tañca anavajjaṃ.[3] Imāni kho bhikkhave cattāri appāni ceva sulabhāni ca [4] tāni [5] ca [5] anavajjāni. Yato kho bhikkhave bhikkhu [6] appena ca tuṭṭho hoti sulabhena ca,[6] imassāhaṃ [7] aññataraṃ sāmaññaṅgan-ti vadāmiti.

Anavajjena tuṭṭhassa
appena sulabhena ca |
na senāsanam-ārabbha
cīvaraṃ pānabhojanaṃ |
vighāto hoti cittassa
disā na-ppaṭihaññati [8] |

Ye cassa dhammā akkhātā
sāmaññassānulomikā |
adhiggahitā [9] tuṭṭhassa
appamattassa bhikkhuno [10] ti || 2 ||

102. (Cat. 3) Jānato-haṃ [11] bhikkhave passato āsavānaṃ khayaṃ vadāmi, no ajānato apassato.[12] Kiñca [13] bhikkhave jānato kiṃ [14] passato āsavānaṃ khayo hoti? [15] Idaṃ dukkhan-ti bhikkhave jānato passato āsavānaṃ

---

1 senāsanaṃ, D. E. M. P. Pa.
2 bhesajjaṃ, D. E. 3 anavajjānaṃ, C.
4 *Om.* D. E. 5 *Om.* B.
6 bhikkhu tuṭṭho hoti appena ceva sulabhena ca anavajjena, D. E. 7 tassāhaṃ, D. E.; idamassāhaṃ, P. Pa.
8 na paṭi°, M. P.; nappati°, B. C. D. E.; na patti°, Pa.; °haññasi, B. 9 °itā, B. M.
10 bhikkhuno, C. D. E. *and* A.; *the Burmese MSS. have* sikkhato. *In* Pa, *the scribe omitted nearly the whole of the gāthās, from the first* tuṭṭhassa *down to the second, but inserted the omitted piece after* Jānato ahaṃ bhikkhave *in the next sutta.*
11 ahaṃ, B. Pa. 12 no apass°, D. E. Pa.
13 kiñci, B. C. D. E.
14 kiṃ, M. P.; ki, B.; kiñci, D. E.; *om.* C. Pa.
15 khayo ti, Pa.

khayo[1] hoti,[1] ayaṃ dukkhasamudayo ti bhikkhave jānato passato āsavānaṃ khayo hoti, ayaṃ dukkhanirodho ti bhikkhave jānato passato āsavānaṃ khayo hoti, ayaṃ dukkhanirodhagāminī[2] paṭipadā[3] ti[4] bhikkhave jānato passato āsavānaṃ khayo hoti. Evaṃ kho bhikkhave jānato passato[5] āsavānaṃ khayo hotīti.[6]

Sekhassa sikkhamānassa[7]
ujumaggānusārino |
khayasmiṃ paṭhamaṃ ñāṇaṃ
tato aññā anuttarā[8] ||

Tato aññā vimuttassa
vimuttiññāṇam[9]-uttamaṃ |
uppajjati khaye ñāṇaṃ
khīṇā[10] saṃyojanā[10] iti ||

Na tvevidaṃ[11] kusitena
bālena-m-[12] avijānatā[12] |
nibbānaṃ adhigantabbaṃ[13]
sabbaganthapamocanan-ti[14] | 3 ||

103. (Cat. 4) Yo hi keci[15] bhikkhave samaṇā vā[16]

---

[1] khayo ti, P. Pa. [2] °ṇī, C. D. E.; *the other MSS.* °ni
[3] paṭip°, P. Pa. [4] taṃ, P.; *om.* C. Pa.
[5] *All MSS. but* M. *repeat* evaṃ *before* passato.
[6] hoti, B. C. [7] bhikkhamānassa, C.; khayamānassa, Pa.
[8] anantarā, M. Pa.; *the other MSS.* anuttarā.
[9] *With* ññ, B. P.; *the other MSS. with one* ñ.
[10] khīṇa, C. D.; khīṇaṃ saṃyojanaṃ, M. *For the first and second gāthā cp. Aṅguttaranikāya* III. 84.
[11] tesiraṃ, B. C.
[12] A. *has*: makāro padasandhikaro, *cp. Ed. Müller, Pāli Gr. p.* 63; bālena avij°, B. C.; bālena antā (*sic* ?), D. E.
[13] °gandhabbaṃ, B.
[14] °gantha°, M.; *the other MSS.* °gandha°.
[15] kāci, B.; yo hi ko ci, C. [16] *Om.* D. E.

brāhmaṇā[1] vā idaṃ dukkhan-ti yathābhūtaṃ na-ppajānanti,[2] ayaṃ dukkhasamudayo ti yathābhūtaṃ nappajānanti, ayaṃ dukkhanirodho ti yathābhūtaṃ nappajānanti,[2] ayaṃ dukkhanirodhagāminī[3] paṭipadā ti yathābhūtaṃ na-ppajānanti, na te me[4] bhikkhave samaṇā vā brāhmaṇā vā samaṇesu vā[5] samaṇasammatā brāhmaṇesu[6] vā[6] brāhmaṇasammatā,[6] na ca[7] pan-ete[7] āyasmanto[8] sāmaññatthaṃ[9] vā brāhmaññatthaṃ[9] vā diṭṭhe va dhamme sayaṃ abhiññā sacchikatvā upasampajja viharanti. Ye[10] ca kho keci[10] bhikkhave samaṇā vā brāhmaṇā vā idaṃ dukkhan-ti yathābhūtaṃ pajānanti, ayaṃ[11] dukkhasamudayo ti yathābhūtaṃ pajānanti, ayaṃ dukkhanirodho ti yathābhūtaṃ pajānanti, ayaṃ dukkhanirodhagāminī[12] paṭipadā[13] ti yathābhūtaṃ pajānanti, te kho me[14] bhikkhave samaṇā vā brāhmaṇā vā samaṇesu ceva samaṇasammatā, brāhmaṇesu ca brāhmaṇasammatā, te ca pan-āyasmanto[15] sāmaññatthañca[16] brāhmaññatthañca[17] diṭṭhe va dhamme sayaṃ abhiññā[18] sacchikatvā upasampajja viharantīti.[19]

---

[1] B. P. Pa. *have always* brahm°, *with short* a, brahmaṇatthaṃ, *also other MSS.*; M. *has always* brāhm°.

[2] na pa°, P. Pa. [3] °ī, C. D. E.; *the other MSS.* °i.

[4] na te me, M.; *the other MSS.* na me te.

[5] ceva, P. Pa. [6] *Om.* C. [7] te ca pana, B.

[8] °manto, M. P. Pa.; °mantā, B. D. E.; °manti, C.

[9] °attaṃ, B. P. Pa.

[10] ye hi keci, D. E.; *instead of* sacchikatvā . . . keci Pa. *has*: taṃ na-ppajānanti. [11] idaṃ, C.

[12] °ī, D. E.; *the other MSS.* °i; C. *omits* gāminī.

[13] paṭip°, P. Pa.

[14] te kho me, M. P.; te na kho me, B. C. Pa.; te ca kho me, D. E. [15] °o, M. P.; *the other MSS.* °ā.

[16] °attañca, B. P. Pa.

[17] brahmaṇattañca, P. Pa.; *om.* B.

[18] abhiññāya, C.; *for the whole passage cp. Aṅgutt.-Nik. Cat.* 5, 1, *etc.* [19] viharatīti, B. C.

Ye dukkhaṃ na-ppajānanti
atho [1] dukkhassa sambhavaṃ |
yattha ca [2] sabbaso dukkhaṃ
asesaṃ uparujjhati ||

tañca maggaṃ na jānanti
dukkhûpasamagāminaṃ [3] |
cetovimuttihīnā [4] te [4]
atho [5] paññāvimuttiyā |
abhabbā [6] te antakiriyāya
te [7] ve [7] jātijarūpagā [8] ||

Ye ca [9] dukkhaṃ pajānanti
atho [10] dukkhassa sambhavaṃ |
yattha [11] ca sabbaso dukkhaṃ
asesaṃ uparujjhati ||

tañca maggaṃ pajānanti
dukkhûpasamagāminaṃ [12] |
cetovimuttisampannā
atho [13] paññāvimuttiyā |
bhabbā [14] te antakiriyāya
na te jātijarūpagā ti [15] ||

104.[16] (Cat. 5) Ye te bhikkhave bhikkhu sīla sampannā

---

[1] attho, C.; yato, B.
[2] yatthañca, D. E.; yathā ca, C.; yato ca, B.
[3] dukkhupa°, B. M. P. Pa.
[4] °vimuttinātena, C.; °vimuttisampannā, B.
[5] attho, B. C. [6] bhabbā, Pa. [7] na te, B. C.
[8] °jarupa°, B.; B. C. D. E. *add* ti. [9] *Om.* B.
[10] yato, B. C. M. P. Pa. [11] yatta, B.
[12] dukkhupa°, B. P. Pa. [13] attho, C.
[14] bhabbā, M.; *the other MSS.* sabbā.
[15] °jarupa°, P. Pa.; B. *has the two last gāthās twice, the first time very corrupt.*
[16] *For the first part of this sutta cp. Puggalapaññatti* IV. 23, *for the second part Pugg.* III. 13.

samādhisampannā paññāsampannā [1] vimuttisampannā vimuttiñāṇadassanasampannā [2] ovādakā viññāpakā [3] sandassakā samādapakā [4] samuttejakā [5] sampahaṃsakā [6] alaṃsamakkhātāro [7] saddhammassa, [8] dassanam-pahaṃ [9] bhikkhave tesaṃ bhikkhūnaṃ bahūpakāraṃ [10] vadāmi, savanam [11]-pahaṃ [11] bhikkhave tesaṃ bhikkhūnaṃ bahūpakāraṃ vadāmi, upasaṅkamanam-pahaṃ [12] bhikkhave tesaṃ bhikkhūnaṃ bahūpakāraṃ vadāmi, payirupāsanam [13]-pahaṃ bhikkhave tesaṃ bhikkhūnaṃ bahūpakāraṃ vadāmi, anussaraṇam [14]-pahaṃ bhikkhave tesaṃ bhikkhūnaṃ bahūpakāraṃ vadāmi, anupabbajjam-pahaṃ bhikkhave tesaṃ bhikkhūnaṃ bahūpakāraṃ vadāmi. Taṃ kissa hetu? Tathārūpe bhikkhave bhikkhū sevato bhajato [15] payirupāsato [16] aparipūro pi sīlakkhandho bhāvanāpāripūriṃ [17] gacchati, aparipūro pi samādhikkhandho bhāvanāpāripūriṃ gacchati,

---

[1] *Om.* P. Pa. [2] *Om.* B. C. P. Pa.

[3] *After* viññ°, P. Pa. *insert* adhabodhakā, *for* avabodhakā, *a gloss from* A. [4] °pikā, B.

[5] °jikā, B. [6] °sikā, B.

[7] salaṃsamattakā, C.; alaṃsammattakā | saddhammassa d°, B.

[8] saddassa, C.; *om.* D. E.; *after* saddh° P. Pa. *insert* desetāro, *a gloss from* A.

[9] pahaṃ, *which occurs six times in this sutta, is for* api ahaṃ; B. *has always* ahaṃ *without* p; *in* C. D. E. M. *the preceding accusative has always the anusvāra;* dassanaṃ sahaṃ, C.

[10] *Only* C. *has nearly always* bahūp°, *the other MSS. have* bahu°; D. E. *have always* bahukāraṃ; *also* C. *the first time.*

[11] savanaṃ savaṃ, C.; samaṇaṃ pahaṃ, D. E.

[12] pahāna, C.

[13] payirūp°, B.; patirup°, C.; *in* Pa. *the three sentences* payir°, anuss°, *and* anup° *are left out.*

[14] anusar°, P.; anusayaṃ, C.; *this sentence is left out in* D. E. [15] *Om.* C. [16] parirup°, B. Pa.

[17] M. *always* °pūriṃ; B. C. P. Pa. *always* °pūri *in this sutta.*

aparipūro pi paññakkhandho [1] bhāvanāpāripūriṃ gacchati, aparipūro pi vimuttikkhandho bhāvanāpāripūriṃ gacchati,[2] aparipūro pi vimuttiñāṇadassanakkhandho [3] bhāvanāpāripūriṃ gacchati. Evarūpā ca te [4] bhikkhave bhikkhū [5] satthāro [6] ti [7] pi vuccanti, satthavāhā [8] ti pi [7] vuccanti, raṇañjahā [9] ti pi vuccanti, tamonudā ti pi [7] vuccanti, ālokakarā ti pi [10] vuccanti, obhāsakarā ti pi vuccanti, pajjotakarā ti pi vuccanti, ukkādhārā ti pi vuccanti, pabhaṅkarā ti pi vuccanti,[11] ariyā ti pi vuccanti, cakkhumanto [12] ti pi vuccantīti.

Pāmujjakaraṇaṃ [13] ṭhānaṃ
evaṃ [14] hoti vijānataṃ [15] |
yad-idaṃ bhāvitattānaṃ
ariyānaṃ dhammajīvinaṃ [16] ||

Te jotayanti [17] saddhammaṃ
bhāsayanti pabhaṅkarā |
ālokakaraṇā dhīrā
cakkhumanto raṇañjahā [18] ||

yesaṃ ve [19] sāsanaṃ sutvā
sammad-aññāya [20] paṇḍitā |

---

[1] paññākkh° D. E. P.
[2] D. E. *omit this sentence.*
[3] °ñāṇa, P. Pa.
[4] *Om.* D. E.
[5] *The long* ū *only in* M.
[6] sattāro, C.
[7] *Om.* C.
[8] jātikantārādinittharaṇato sattavāhā ti, A.; sattavāho, C. P. Pa.
[9] °ho, C.; maraṇajahā, D. E.
[10] ālokadivākarā vā ti v°, Pa., *inserting it once more before* pajjotak°.
[11] *I follow* A. M.; *the other MSS. have* pabh° *before* ukk°; ukkakarā, B.; pabhākaro, Pa.
[12] °mantā, B. C.
[13] pāmojja°, D. E.; pāmujjakaraṇa, B.; °karaṇaṭṭhāṇaṃ, C.; °kāraṇaṃ, P. Pa.
[14] etaṃ, B. D. E. P. Pa.
[15] vijjānaṃ, C.
[16] °jīvitaṃ, D. E.
[17] jotassanta, C.; vomāranti, Pa.
[18] °jaho, B. C.; °cahā, P.
[19] ce, B.; ca, D. E.
[20] saddhammaññāya, B.

jātikkhayam [1]-abhiññāya
nāgacchanti punabbhavan-ti || 5 ||

105. (Cat. 6) * Cattāro-me bhikkhave taṇhuppādā yattha bhikkhuno taṇhā uppajjamānā uppajjati. Katame cattāro? Cīvarahetu vā bhikkhave [2] bhikkhuno taṇhā uppajjamānā uppajjati, piṇḍapātahetu vā bhikkhave [2] bhikkhuno taṇhā uppajjamānā uppajjati, senāsanahetu vā bhikkhave bhikkhuno taṇhā uppajjamānā uppajjati, itibhavābhavahetu [3] vā bhikkhave [2] bhikkhuno taṇhā uppajjamānā uppajjati. Ime kho bhikkhave cattāro taṇhuppādā yattha bhikkhuno [4] taṇhā uppajjamānā uppajjatīti.

Taṇhādutiyo puriso
dīgham-addhānaṃ [5] saṃsaraṃ [6] |
itthabhāvaññathābhāvaṃ
saṃsāraṃ [7] nātivattati ||

Evam [8]-ādīnavaṃ ñatvā
taṇhā dukkhassa [9] sambhavaṃ |
vītataṇho anādāno
sato bhikkhu paribbaje ti || 6 || [10]

106. (Cat. 7) [11] S a b r a h m a kāni bhikkhave tāni kulāni yesaṃ puttānaṃ mātāpitaro ajjhāgāre pūjitā honti.

[1] °m *only* M.; *the other MSS.* °ṃ.
[2] *Om.* D. E.
[3] itibhagavābh°, C.
[4] y° bhikkhave t°, B. C.; Pa. *has great confusion in the prose part of this sutta.*
[5] *All MSS. except* Pa. *have* addhāna.
[6] °sāraṃ, P. Pa.
[7] saṃsaraṃ, B.
[8] etam, D. E.
[9] taṇhaṃ d°, M.; taṇhāhetussa, Pa.
[10] *The same gāthās occur in sutta* 15.
[11] *This whole sutta occurs also in Aṅguttara Nikāya-Tik.* 31, *and Cat.* 63: *the Tikanipāta contains the more original version, being in accordance with the gāthās. The second sentence of the present sutta* (sapubbadevatāni) *is additional.*

* *The whole sutta occurs Aṅgutt.-Nik. Cat.* 9.

Sapubbadevatāni[1] bhikkhave tāni kulāni yesaṃ puttānaṃ mātāpitaro ajjhāgāre[2] pūjitā honti. Sapubbācariyāni bhikkhave tāni kulāni yesaṃ puttānaṃ mātāpitaro ajjhāgāre pūjitā honti.[3] Sāhuneyyakāni[4] bhikkhave tāni kulāni yesaṃ puttānaṃ mātāpitaro ajjhāgāre[2] pūjitā honti. Brahmā ti[5] bhikkhave mātāpitūnaṃ[6] etaṃ adhivacanaṃ. Pubbadevatā[7] ti bhikkhave mātāpitūnaṃ[6] etaṃ[8] adhivacanaṃ. Pubbācariyā ti[9] bhikkhave mātāpitūnaṃ[6] etaṃ[10] adhivacanaṃ. Āhuneyyā ti bhikkhave mātāpitūnaṃ[6] etaṃ[10] adhivacanaṃ.[11] Taṃ kissa hetu? Bahūpakārā[12] bhikkhave mātāpitaro puttānaṃ, āpādakā posakā imassa lokassa dassetāro ti.

Brahmā ti mātāpitaro
pubbācariyā ti vuccare[13] |
āhuneyyā ca puttānaṃ
pajāya anukampakā ||

Tasmā hi ne[14] namasseyya
sakkareyya[15] ca[15] paṇḍito |

---

[1] pubba°, *without* sa-, C. Pa. [2] °āgāresu, B.

[3] *I follow* A. *and* D. E. *The other MSS. omit this third sentence* (sapubbācariyāni), *though they have the* pubbācariyā *in the second part of this sutta. All MSS. add the following sentence* (*the fifth in* D. E., *the fourth in the other MSS.*) *:* Pāhuṇeyyakāni (Sapāhun°, M.; Sāpihuṇ°, P.) bhikkhave tāni kulāni yesaṃ puttānaṃ, *etc. But this has no corresponding sentence in the second part of this sutta, and is not in the commentary* (A.). [4] āhuṇ°, B. C. P. Pa.

[5] brahmaṇā ti, B. C.; brahmakā ti, Pa.

[6] °pitunnaṃ, D. E. [7] °devā, B. P. Pa.

[8] eva etaṃ, B. [9] °cariyāniti, B. [10] *Om.* B.

[11] Pubbadevatā . . . adhivacanaṃ *om.* C.

[12] bahupakārā, B. M. P. Pa.

[13] *After* vuccare C. *has* —pe—, B. —pa—.

[14] te, D. E.

[15] sakkār°, B.; sakkareyyā ca, C.; °eyyātha, D. E.

annena atho pānena
vatthena sayanena ca |
ucchādanena nhāpanena[1]
pādānaṃ dhovanena ca ||

Tāya naṃ pāricariyāya
mātāpitūsu paṇḍito |
idheva naṃ pasaṃsanti
pecca sagge pamodatīti[2] || 7 ||

107. (Cat. 8) Bahūpakārā[3] bhikkhave brāhmaṇagahapatikā[4] tumhākaṃ, ye vo[5] paccupaṭṭhitā cīvarapiṇḍapātasenāsanagilānapaccayabhesajjaparikkhārehi. Tumhe pi[6] bhikkhave bahūpakārā[7] brāhmaṇagahapatikānaṃ,[8] yaṃ nesaṃ[9] dhammaṃ desetha ādikalyāṇaṃ majjhekalyāṇaṃ pariyosānakalyāṇaṃ, sātthaṃ[10] savyañjanaṃ[11] kevalaparipuṇṇaṃ parisuddhaṃ brahmacariyaṃ pakāsetha.[12] Evam-idaṃ bhikkhave aññam-aññaṃ nissāya brahmacariyaṃ vussati[13] oghassa nittharaṇatthāya[14] sammā dukkhassa antakiriyāya-ti.

Sāgārā[15] anāgārā[16] ca[17]
ubho aññoññanissitā |
ārādhayanti[18] saddhammaṃ
yogakkhemam-anuttaraṃ[19] ||

---

[1] hāpanena C. D. E., uhānena M. [2] pamodati, C.
[3] bahup°, B. M. P. [4] brahmaṇa°, P. Pa; brahmaṇā, B.
[5] te, C.; *in* B. *and* M. *the letters can be read* vo *and* te.
[6] hi, B. [7] bahup°, B. M. P. Pa.
[8] brahm°, B. P. Pa. [9] tesaṃ, C.
[10] satth°, M. P. [11] saby°, B. M. P. Pa.
[12] °seti, D. E. [13] vuccati P. [14] °ttāya, B.
[15] sagārā, B. C. D. E. [16] anag°, C. M.
[17] D. E. P. Pa. *have the* ca *before* anāg°.
[18] ārāmayanti, C.
[19] *I follow* D. E. M. *and* A.; B. C. P. Pa. *have* yogakkhemassa pattiyā.

Sâgâresu [1] ca cīvaraṃ
paccayaṃ sayanâsanaṃ |
anāgārā [2] paṭicchanti
parissayavinodanaṃ [3] ||

Sugataṃ [4] pana nissāya
gahaṭṭhā [5] gharam-esino |
saddahānā [6] arahataṃ
ariyapaññāya [7] jhāyino ||

idha dhammaṃ caritvāna
maggaṃ [8] sugatigāminaṃ |
nandino devalokasmiṃ
modanti kāmakāmino ti ||

108. (Cat. 9) Ye keci bhikkhave bhikkhū k u h ā thaddhā lapā siṅgī[9] unnalā [10] asamāhitā, na me [11] te bhikkhave bhikkhū māmakā, apagatā [12] ca te bhikkhave [13] bhikkhū imasmā dhammavinayā, na [13] ca te bhikkhave [14] bhikkhū [14] imasmiṃ

---

[1] sagâr°, B.; sāgar°, D. E. [2] anag°, M.; anāgāraṃ, B.

[3] apariss°, B.; parissayantivin°, D. E.; sarisassavin°, C.: A. *has*: parissayavinodanan-ti utuparissayādiparissaya-gahaṇaṃ vihārādi āvasataṃ.

[4] sugataṃ, D. E. Aa. (*I am not quite sure about the reading of* P. *and* Pa.); puggalaṃ, M.; saddhammaṃ, B. C.; *the MS. of* A. *is corrupt here, it comments also on* puggalaṃ, *the last words of the comment being* sāvako hi idha puggalo hi (*sic!*) adhippeto. [5] gharaṭṭhā, P. Pa.

[6] saddahānā, D. E.; saddahāno, B. C. M. P. Pa *and* Aa.

[7] °paññāca, D. E.; dhammasaññāya, B.; dhammaṃs°, C.

[8] saggaṃ, C.

[9] siṅgi, D. E. P. Pa. sigīti, Aa.; siṅgā, B. C. M.; *it seems to be a derivate of* saṅgo; *the MS. of* A. *is corrupt in the beginning, the end of the comment is:* evaṃvuttehi saṃgha (*sic!*) -sadisehi pākaṭakilesehi samannāgatā.

[10] unnaḷā, M. [11] na ca te, C.

[12] apāgatā, C. [13] *Om.* D. E.

[14] *Om.* B. C. P. Pa.

dhammavinaye vuddhiṃ virūḷhiṃ [1] vepullaṃ āpajjanti. Ye ca kho [2] bhikkhave bhikkhū nikkuhā [3] nillapā dhīrā athaddhā [3] susamāhitā, te ca [4] kho me [5] bhikkhave bhikkhū māmakā, anapagatā ca te bhikkhave bhikkhū imasmā [6] dhammavinayā, te ca [7] bhikkhave bhikkhū imasmiṃ dhammavinaye vuddhiṃ virūḷhiṃ [8] vepullaṃ āpajjantīti.

Kuhā thaddhā lapā siṅgī [9]
unnalā [10] asamāhitā |
na [11] te dhamme virūhanti [12]
sammāsambuddhadesite ||

Nikkuhā [13] nillapā [14] dhīrā
athaddhā [15] susamāhitā [11] |
te ve [16] dhamme virūhanti [17]
sammāsambuddhadesite ti || 9 || *

109. (Cat. 10) Seyyathā pi bhikkhave p u r i s o nadiyā

[1] viruḷhiṃ, B. M. P. Pa. (*without* ṃ, B. Pa.)
[2] kho te, D. E. P. Pa.
[3] *I follow* B. C. M., *cp. the second gāthā ; P. has* asandhā, Pa. abandhā, *instead of* athaddhā ; D. E. *have* nikk° nitthaddhā nilapā dhī° ābandhā sus° ; A. *does not explain the* sukkapakkho *in detail.* [4] *Om.* M. Pa. [5] *Om.* B. C. P. Pa.
[6] imasmā, D. E.; imamhā, B. C. M. P. ; Pa. *om.* im° *and the following words up to* imasmiṃ.
[7] te ca *by conjecture ;* ca te, P. ; na ca te, C. ; te, *without* ca, B. M., *but* B. *inserts* ca *after* imasmi ; D. E. *have* imasmiñca te dhammavinaye (*without* bhikkhave bhikkhū).
[8] viruḷhim, B. M. P. Pa. (without ṃ, B. P. Pa.).
[9] siṅgi, E. P. Pa ; siṅgī, D. ; siṅgā, B. C. M.
[10] unnaḷā, M. [11] na te . . . susamāhitā *om.* Pa.
[12] virūhanti *only* M. ; virūḷhanti, B. C. D. E. P. (B. P. *with* u). [13] nikahā, D. E.
[14] nilapā, D. E. [15] asaddhā, P. [16] ca B.
[17] virūhanti *only* M. ; virūḷhanti B. C. D. E. P. Pa (B. P. Pa *with* u).

* *This whole sutta occurs also Aṅgutt.-Nik. Cat. 26.*

sotena ovuyhoyya[1] piyarūpasātarūpena,[2] tam-enaṃ cakkhumā puriso[3] tīre ṭhito disvā evaṃ vadeyya : kiñcāpi
kho tvaṃ ambho[4] purisa[5] nadiyā sotena ovuyhasi[6]
piyarūpasātarūpena.[7] Atthi cettha heṭṭhā rahado[8] saummi[9]
sāvaṭṭo sagaho sarakkhaso yaṃ tvaṃ ambho[10] purisa pāpu-
ṇitvā[11] maraṇaṃ[12] vā nigacchasi[13] maraṇamattaṃ vā[14]
dukkhan-ti.   Atha kho so bhikkhave puriso tassa purisassa saddaṃ sutvā hatthehi ca[15] pādehi ca paṭisotaṃ
vāyameyya.[16] Upamā kho me[17] ayaṃ[17] bhikkhave katā
atthassa viññāpanāya.[18] Ayaṃ cettha[19] attho : Nadiyā
soto[20] ti[21] kho bhikkhave taṇhāyetaṃ[22] adhivacanaṃ ;
piyarūpasātarūpan-ti[23] kho bhikkhave channetaṃ ajjhatti-
kānaṃ[24] āyatanānaṃ adhivacanaṃ ; heṭṭhā rahado[25] ti
kho bhikkhave pañcannaṃ orambhāgiyānaṃ saṃyojanānaṃ
adhivacanaṃ ; saummīti[26] kho bhikkhave kodhūpāyāsas-
setaṃ[27] adhivacanaṃ ; sāvaṭṭo ti kho bhikkhave pañcan-
netaṃ kāmaguṇānaṃ adhivacanaṃ ; sagaho sarakkhaso ti
kho[28] bhikkhave mātugāmassetaṃ adhivacanaṃ ; paṭisoto[29]

---

[1] ohuhye, D. ; ovuyha, P. ; oruyha, B. Pa ; guyhati, C.
[2] piyarūpena s°, P. Pa.   [3] pūriso, P.
[4] abbho, B.   [5] pūrisa, P. Pa.
[6] ovuyhati, M. ; vuyhasi, C. ; ovuyha, D. E.
[7] °sātarupaṃmana, B. ; °rūpaṃpana, C. ; piyarūpena s°,
P. Pa, E. D.   [8] dahado, M.
[9] saūmi, M. ; caūmi, D. E.   [10] abbho, B.
[11] pāpuṇetvā, P. Pa. ; rahadaṃ pāpuṇetvā, E., with n D.
[12] mār°, P. Pa.   [13] nigacchati, C.   [14] Om. B.
[15] Om. D. E.   [16] yāpeyya, C.   [17] ayaṃ me, D. E.
[18] viññāpanā, B. C. P. ; °panāna, Pa.
[19] ayaṃ ve cettha, C. ; ayaṃuceva, Pa ; ayamcvattha,
D. E.   [20] sotā, P. Pa.   [21] Om. B.
[22] taṇhāya sotaṃ, D. E.   [23] piyarūpaṃ s°, B. C. M.
[24] adhijjhatt°, D. E.   [25] dahado, M.
[26] nimmīti, D. E. Pa; saūmīti, M. ; ūmīti, D. E.
[27] kodhūp°, E. Pa. ; °up° the other MSS. ; °pāyassetaṃ,
D. E.   [28] Om. B. C. D. E. Pa.
[29] paṭisoto, B. C. M. P. Pa ; paṭisotā ti, D. E. ; none of
the MSS. has paṭisotaṃ.

ti kho bhikkhave nekkhammassetaṃ[1] adhivacanaṃ; hatthehi ca pādehi ca vāyāmo ti kho bhikkhave viriyārambhassetaṃ adhivacanaṃ; cakkhumā puriso[2] tīre ṭhito ti[2] kho bhikkhave Tathāgatassetaṃ adhivacanaṃ arahato sammāsambuddhassā-ti.

Sahāpi[3] dukkhena jaheyya kāme[*]
yogakkhemaṃ āyati[4] patthayāno[5] |
sammappajāno[6] suvimuttacitto
vimuttiyā phassaye[7] tattha tattha ||

Sa vedagū vūsitabrahmacariyo[8]
lokantagū pāragato[9] ti vuccatīti[10] || 10 || [*]

110.[**] (Cat. 11) Carato[11] ce[12] pi bhikkhave bhikkhuno uppajjati kāmavitakko vā vyāpādavitakko[13] vā vihiṃsāvitakko vā; tañce bhikkhave[14] bhikkhu adhivāseti na-ppajahati[15] na vinodeti na vyantikaroti[16] na anabhāvaṃ[17] gameti, caraṃ pi bhikkhave bhikkhu evaṃbhūto[18] anātāpī[19] anot-

---

[1] nikkh°, B.; nekkhamass°, M. [2] p° ti° *and* ti *om.* C.
[3] pahāsi, C. M.; *the same wrong reading occurs also in* A.; mahāsipi, B. [4] āyati, *all MSS.*
[5] patthayamāno, P. Pa; patthamāno, C.
[6] sammapaj°, P.; samapp°, Pa.; sampajāno, B.
[7] passaye, B. P.
[8] vūsita°, M. P.; vusita°, B. C. Pa; vusitaṃ, E.; sitaṃ, D.; °cāriyo, P. Pa. [9] pāraṃg°, B.
[10] vuccati, C. D. E.; P. Pa. *have here the note* vaggo.
[11] *For* car° D. E. *have always* par° *in this sutta.*
[12] ce *only in* M.
[13] vy° *in this and the following sutta only in* D. E.; *the other MSS. have* by°. [14] *Only in* M. [15] na paj°, D. E.
[16] vy° *only in* D. E.; *the other MSS. have* by°; M. *has always* byantiñkaroti.
[17] *Cp.* anabhāvakata *Aṅgutt.* III. 33. [18] evaṃ pi bhūto, C.
[19] anātāpī *always in* M.; *the other MSS. have always* °i.

---

[*] *Cp. Aṅgutt.-Nik. Cat.* 5, 2, *and* 8.
[**] *This whole sutta occurs also Aṅgutt.-Nik. Cat.* 11.

tappī [1] satataṃ samitaṃ kusīto hīnaviriyo ti vuccati. Ṭhitassa ce [2] pi [3] bhikkhave bhikkhuno uppajjati kāmavitakko vā vyāpādavitakko vā vihiṃsāvitakko vā; tañce bhikkhave [4] bhikkhu adhivāseti na-ppajahati na vinodeti na vyantikaroti na anabhāvaṃ gameti, ṭhito pi bhikkhave bhikkhu evambhūto anātāpī anottappī satataṃ samitaṃ kusīto hīnaviriyo ti vuccati.—Nisinnassa ce pi [3] bhikkhave bhikkhuno uppajjati kāmavitakko vā vyāpādavitakko vā vihiṃsāvitakko vā; tañce bhikkhave [4] bhikkhu adhivāseti na-ppajahati na vinodeti na vyantikaroti na anabhāvaṃ gameti, nisinno pi [5] bhikkhave bhikkhu evaṃbhūto [6] anātāpī anottappī satataṃ samitaṃ kusīto hīnaviriyo ti vuccati. —Sayānassa [7] ce pi bhikkhave bhikkhuno jāgarassa uppajjati kāmavitakko vā vyāpādavitakko vā vihiṃsāvitakko vā; tañce bhikkhave [4] bhikkhu adhivāseti na-ppajahati na vinodeti na vyantikaroti na anabhāvaṃ gameti, sayāno pi bhikkhave bhikkhu jāgaro evaṃbhūto anātāpī anottappī satataṃ samitaṃ kusīto hīnaviriyo ti vuccati.[7]—Carato ce [8] pi bhikkhave bhikkhuno uppajjati kāmavitakko vā vyāpādavitakko vā vihiṃsāvitakko vā; tañce bhikkhave [4] bhikkhu nādhivāseti [9] pajahati vinodeti vyantikaroti anabhāvaṃ gameti, caraṃ pi bhikkhave bhikkhu evaṃbhūto ātāpī ottappī satataṃ samitaṃ āraddhaviriyo pahitatto [10] ti vuccati.—Ṭhitassa ce pi [11] bhikkhave bhikkhuno uppajjati kāmavitakko vā vyāpādavitakko vā vihiṃsāvitakko vā; tañce bhikkhave [12] bhikkhu [11] nādhivāseti pajahati vinodeti vyantikaroti anabhāvaṃ gameti, ṭhito [13] pi bhikkhave bhikkhu [14] evaṃbhūto

[1] °ttappī *always in* M., *and twice in* C.; °ī, B. C.; D. E. P. Pa *have always* °ttāpī, *in this and in the next sutta.*

[2] ce *om.* M. [3] pi *om.* C. [4] *Only in* M.

[5] pi kho, D. E. [6] evaṃ pi bh°, C.

[7] C. *omits this piece* (Sayānassa . . . vuccati).

[8] ce *only in* M.

[9] nādhiv° *always in* M.; na adhiv°, B. C. D. E.; anadhiv°, P. Pa. [10] °ttho, C. [11] *Om.* C.

[12] *Om.* D. E. P. Pa. [13] nisinno, C.

[14] bhikkhu jāgaro evaṃbh°, C.

ātāpī ottappī satataṃ samitaṃ āraddhaviriyo pahitatto[1] ti vuccati.—Nisinnassa ce pi[2] bhikkhave bhikkhuno uppajjati kāmavitakko vā vyāpādavitakko vā vihiṃsāvitakko vā; tañce bhikkhave[3] bhikkhu nādhivāseti pajahati vinodeti vyantikaroti anabhāvaṃ gameti, nisinno pi bhikkhave bhikkhu evaṃbhūto ātāpī ottappī satataṃ samitaṃ āraddhaviriyo pahitatto[1] ti vuccati.—Sayānassa[4] ce pi[5] bhikkhave bhikkhuno jāgarassa[5] uppajjati kāmavitakko vā vyāpādavitakko vā vihiṃsāvitakko vā; tañce[6] bhikkhave[7] bhikkhu nādhivāseti pajahati vinodeti vyantikaroti anabhāvaṃ gameti, sayāno pi bhikkhave bhikkhu jāgaro evaṃbhūto ātāpī ottappī satataṃ samitaṃ āraddhaviriyo pahitatto[1] ti vuccatīti.

Caraṃ vā yadi vā tiṭṭhaṃ
nisinno udavā sayaṃ |[8]
yo vitakkaṃ vitakketi
pāpakaṃ gehanissitaṃ ||

kumaggaṃ[9] paṭipanno[10] so
mohaneyyesu mucchito |
abhabbo tādiso bhikkhu
phuṭṭhuṃ[11] sambodhim-uttamaṃ ||

Yo caraṃ[12] vā yo[13] tiṭṭhaṃ vā
nisinno udavā sayaṃ |
vitakkaṃ samayitvāna[14]

---

1 °ttho, C. 2 *Om.* B. C. 3 *Om.* D. E. P. Pa.
4 yavokaṭi (*sic !*), C. 5 *Om.* C.
6 taṃ ce pi, B. 7 *Only in* M. 8 *Cp. sutt.* 86.
9 Kumbhagaṃ, D. E. 10 pati°, D. E. Pa.
11 phuṭṭhuṃ, M.; phuṭṭhaṃ, B. C. D. E. (pu°, D. E.); phuṭṭha, P. Pa. 12 jaram, C.
13 ta, M.; *om.* Pa.; D. E. *have*: Yo paraṃ yadi vā tiṭṭhaṃ.
14 samayitvāna, D. E. M. (= vupasametvā, A.); samasitvāna, P. Pa; sammasitvāna, B. C.

vitakkopasame [1] rato |
bhabbo [2] so [2] tādiso bhikkhu
phuṭṭhuṃ [3] sambodhim-uttaman-ti || 11 ||

111.* (Cat. 12) Sampannasīlā bhikkhave viharatha, sampannapātimokkhā [4] pātimokkhasaṃvarasaṃvutā [4] viharatha, ācāragocarasampannā [5] anumattesu vajjesu bhayadassāvī, [6] samādāya sikkhatha [7] sikkhāpadesu.— Sampannasīlānaṃ bhikkhave viharataṃ, sampannapātimokkhānaṃ [8] pātimokkhasaṃvarasaṃvutānaṃ [8] viharataṃ, ācāragocarasampannānaṃ [9] anumattesu vajjesu bhayadassāvinaṃ [10] samādāya sikkhataṃ [11] sikkhāpadesu kiñcassa [12] bhikkhave uttari [13] karaṇīyaṃ ?—Carato [14] ce pi [15] bhikkhave bhikkhuno abhijjhā vigatā hoti, vyāpādo vigato hoti, thīnamiddhaṃ vigataṃ hoti, ud-

---

[1] °opassamo, P. Pa. ; °ūpasame, D. E. [2] samo so, D. E.
[3] phuṭṭhuṃ, M. ; *the other MSS. have* phuṭṭhaṃ (pu°, D. E.) ; *cp. sutt.* 84, 79, 80.
[4] °pāṭim°, C. D. M. ; sampannapātimokkhasaṃvara°, B. C. M. P. ; *for the whole passage cp. sutt.* 97 ; *in* Pa. *the first and the second passage are confusedly contracted into one.*
[5] Pa. *repeats* bhikkhave *after* ācāra°.
[6] °vi, B. C. P. ; °vino, D. E.
[7] °tha *only* M. ; °ta, D. ; °ti, B. C. E. P. Pa. ; samādāya sikkhati sikkhāpadesu *was a current formula* (*see sutt.* 97, *and Aṅgutt. Index s. v.* sikkhāpada), *hence* sikkhati *often in the wrong place, as also below.*
[8] °pāṭim°, D. M. ; sampannapātimokkhānaṃ saṃvara°, B. C. ; sampannapātimokkhasaṃvara°, P. M.
[9] B. C. *repeat* bhikkhave *after* ācāra°.
[10] °vīnaṃ *only* M. ; °vinaṃ, D. E. P. ; °vi, B. C.
[11] sikkhati, B. C. P.
[12] kiñcissa, D. E. ; kicassa, B. ; kissa, M.
[13] *Without* ṃ *in all MSS.* [14] par°, D. E., *as in sutt.* 110.
[15] ce pi, M. ; *only* ce, D. E. P. Pa. ; *only* pi, B. C. ; *cp. sutt.* 110.

---

* *The whole sutta occurs also Aṅgutt.-Nik. Cat.* 12.

dhaccakukkuccaṃ vigataṃ hoti, vicikicchā pahīnā hoti, āraddhaṃ hoti viriyaṃ asallīnaṃ, upaṭṭhitā sati asammuṭṭhā,[1] passaddho[2] kāyo asāraddho,[3] samāhitaṃ cittaṃ ekaggaṃ,[4] caraṃ[5] pi bhikkhave bhikkhu evaṃbhūto ātāpī ottappī satataṃ samitaṃ āraddhaviriyo pahitatto[6] ti[6] vuccati.—Ṭhitassa ce pi[7] bhikkhave bhikkhuno abhijjhā[8] vigatā hoti, vyāpādo vigato[9] hoti,[9] thīnamiddhaṃ vigataṃ[10] hoti,[10] uddhaccakukkuccaṃ vigataṃ[11] hoti,[11] vicikicchā pahīnā hoti, āraddhaṃ hoti viriyaṃ asallīnaṃ, upaṭṭhitā sati asammuṭṭhā,[12] passaddho[2] kāyo asāraddho,[13] samāhitaṃ cittaṃ ekaggaṃ, ṭhito pi bhikkhave[14] bhikkhu evaṃbhūto ātāpī ottappī satataṃ samitaṃ āraddhaviriyo pahitatto[15] ti vuccati.—Nisinnassa ce pi[16] bhikkhave bhikkhuno abhijjhā vigatā hoti, vyāpādo vigato[9] hoti,[9] thīnamiddhaṃ vigataṃ[17] hoti,[17] uddhaccakukkuccaṃ vigataṃ[11] hoti,[11] vicikicchā pahīnā hoti, āraddhaṃ hoti viriyaṃ asallīnaṃ, upaṭṭhitā sati[18] asammuṭṭhā,[19] passaddho kāyo asāraddho, samāhitaṃ cittaṃ ekaggaṃ, nisinno pi[20] bhikkhave bhikkhu evaṃbhūto ātāpī[21] ottappi satataṃ samitaṃ āraddhaviriyo pahitatto ti vuccati.—Sayānassa[22]

---

[1] *For* asammuṭṭhā *cp.* sammussanatā, *Puggalapaññatti* II. 8, *and* asammussanatā, *Dhammasaṅgaṇi* 14, *etc.*; appamuṭṭhā, D. E., *see Sumaṅgala-Vilāsinī* I. *p.* 118, *J.P.T.S.*, 1884, *p.* 94. [2] °ddha, C. [3] assār°, C.

[4] etadaggaṃ, D. E.; B. C. *repeat* cittaṃ *after* ekaggaṃ.

[5] carampi, B. C. D. E.; par°, D. E.

[6] ti, *om.* B.; °ttho titi, C.

[7] D. E. Pa. *omit* ce; B. C. *omit* ce pi.

[8] avijjā, D. E. [9] ‖ pa ‖, M.

[10] *Om.* B. C. M. P. Pa.; (‖ pe ‖, C.; ‖ pa ‖, B.).

[11] *Om. in all MSS.*

[12] asampuṭṭha, P.; asampamuṭṭhā, Pa.; appammuṭṭhā, D.; apamm°, E. [13] āraddho, C.

[14] *Om.* Pa. [15] °ttho, C. [16] B. C. Pa. *only* ce.

[17] *Om. in all MSS.* (‖ pe ‖, C.; ‖ pa ‖, B.).

[18] upaṭṭhitassati, C. [19] appamuṭṭhā, D. E.

[20] *Om.* B. C. D. [21] *Om.* D. E. [22] sayanassa, B. C.

ce pi[1] bhikkhave bhikkhuno jāgarassa abhijjhā vigatā hoti, vyāpādo vigato[2] hoti,[2] thīnamiddhaṃ vigataṃ[3] hoti,[3] uddhaccakukkuccaṃ vigataṃ[4] hoti,[4] vicikicchā pahīnā[5] hoti,[5] āraddhaṃ hoti[6] viriyaṃ asallīnaṃ, upaṭṭhitā sati asammuṭṭhā,[7] passaddho kāyo asāraddho, samāhitaṃ cittaṃ ekaggaṃ. sayāno pi bhikkhave bhikkhu jāgaro evambhūto ātāpī ottappī satataṃ samitaṃ āraddhaviriyo pahitatto ti vuccatīti.

Yataṃ[8] care[9] yataṃ[10] tiṭṭhe[11]
yataṃ[10] acche[12] yataṃ[10] saye |
yataṃ[8] sammiñjaye[13] bhikkhu
yatam-enaṃ[14] pasāraye[15] ||

Uddhaṃ tiriyaṃ apācinaṃ[16]
yāvatā jagato[17] gati[17] |
samavekkhitā va[18] dhammānaṃ
khandhānaṃ udayabbayaṃ[19] ||

---

[1] C. Pa *have only* ce; D. E. *omit* ce pi. [2] || pa ||, M.
[3] *Om. in all MSS.* (|| pe ||, C.; || pa ||, B.).
[4] *Om. in all MSS.* [5] *Om.* M. [6] *Om.* C.
[7] apammuṭṭho, D. E.
[8] sataṃ, B. C. [9] pare, D. E. [10] sataṃ, B.
[11] diṭṭhe, C. [12] ajjhe, B.
[13] samiñjaye, M.; °āye, D. E.; samiñcaye, B. P.; sammiñjeyya, C.; *cp. Sumaṅgala-Vilāsinī* I. *p.* 196.
[14] yataṃmenaṃ, D. E.; °ṃmena, P. Pa.; sat°, B.
[15] passār°, P. Pa.
[16] apācīnaṃ *by conjecture* (-- heṭṭhā, A.); apācinaṃ, P. Pa.; apācini, B.; °nī, C.; apāminaṃ, D. E.; apāci, M.
[17] jagato, P.; jāgato, Pa.; jagatā, D. E.; jarāto, B. C.; gatī, D. E.; yāvatā ca lokagati, M.
[18] va, D. E.; *the other MSS. have* ca; sammapekkhitā caummānaṃ, C. [19] °vyayaṃ, D. E.

Evaṃ vihārim[1] -ātāpiṃ[2]
santavuttim[3] -anuddhataṃ |
cetosamathasāmīciṃ[4]
sikkhamānaṃ sadā sataṃ[5] |
satataṃ[6] pahitatto ti[7]
āhu bhikkhuṃ[8] tathāvidhan[9] -ti ‖ 12 ‖

112.[10] (Cat. 13) Vuttaṃ[12] hetaṃ[11] bhagavatā vuttam-arahatā ti me sutaṃ. Loko bhikkhave tathāgatena abhisambuddho, lokasmā tathāgato visaññutto; lokasamudayo bhikkhave tathāgatena abhisambuddho, lokasamudayo tathāgatassa pahīno; lokanirodho bhikkhave tathāgatena abhisambuddho, lokanirodho tathāgatassa sacchikato; lokanirodhagāminī paṭipadā bhikkhave tathāgatena abhisambuddhā,[12] lokanirodhagāminī paṭipadā tathāgatassa bhāvitā. Yaṃ[13] bhikkhave sadevakassa lokassa[5] samārakassa sabrahmakassa sassamaṇabrāhmaṇiyā[14] pajāya sadevamanussāya diṭṭhaṃ sutaṃ mutaṃ viññātaṃ pattaṃ[5] pariyesitaṃ anuvicaritaṃ manasā, yasmā[6] taṃ[6] tathāgatena abhisambuddhaṃ, tasmā tathāgato ti vuccati. Yañca bhikkhave rattiṃ tathāgato anuttaraṃ sammāsambodhiṃ abhisambujjhati, yañca rattiṃ anupādisesāya nibbānadhātuyā parinibbāyati, yaṃ etasmiṃ antare bhāsati

---

[1] °im, M.; °i, B. C. D. E. Pa.; vihārati, P.
[2] *All MSS. omit the* ṃ.
[3] santi°, D. E.; °vuttim, M.; °iṃ, D. E.; °i, P. Pa.; °vuddhi, B. C.
[4] °samata°, C.; °ic°, B. M. P. Pa.; °ṃ, *only in* M.
[5] *Om.* Pa. [6] *Om.* D. E. [7] pihitatto pi, D. E.
[8] °u, B. C. [9] °vidan-ti, D. E.
[10] *The whole sutta occurs Aṅgutt.-Nik. (ed. Morris) Cat.-Nip.* 28. [11] Vuttañhetaṃ, B. P. Pa.; °ṃ cetaṃ, C.
[12] °buddhā *only* M., *the other MSS. and Morris in the Aṅgutt.-Nik. l. c. have* °buddho.
[13] yaṃ hi, P; hi, *without* yaṃ, Pa.
[14] sasamaṇa°, B. M. P.; °brahm°, B. P. Pa.

lapati niddisati,[1] sabban-taṃ tatheva hoti, no aññathā. tasmā tathāgato ti vuccati. Yathāvādī bhikkhave tathāgato tathākārī yathākārī tathāgato[2] tathāvādī,[3] iti yathāvādī tathākārī, yathākārī tathāvādī, tasmā[2] tathāgato ti vuccati. Sadevake bhikkhave loke samārake sabrahmake sassamaṇabrāhmaṇiyā[4] pajāya sadevamanussāya tathāgato abhibhū anabhibhūto aññadatthudaso vasavattī, tasmā tathāgato ti vuccatīti.[5] Etam-atthaṃ bhagavā avoca, tatthetaṃ iti vuccati:

Sabbalokaṃ abhiññāya
sabbaloke yathātathaṃ[6] |
sabbalokavisaṃyutto[7]
sabbaloke anūpamo[8] ||

Sabbe[9] sabbābhibhū dhīro
sabbaganthappamocano[10] |
phuṭṭhassa paramā santi[11]
nibbānaṃ akutobhayaṃ ||

---

[1] niddissati, B.; nadissati, D. E. [2] *Om.* D. E.

[3] yathāv°, P. Pa. (Pa. *omits the three preceding words*).

[4] sasamaṇa°, B. P. M.; samaṇa, *without* sa, C.; °brahm°, B. P. Pa. [5] vuccati, *without* ti, C. D. E.

[6] yathātathaṃ, M. A.; *the other MSS. have* tathāgato, °taṃ, P. [7] °loke, C. D. E. Pa.; hi saṃyutto, C.

[8] anūpamo (*skr.* anupama), C. D. E., anup°, B., *cp. the last gāthā*; anupayo, M. P.; anūpayo, *Morris l. c.* (*I doubt the existence of such a word*). A. *points to another reading* (anūbhayo?): anusayo ti (*sic!*) sabbasmiṃ loke sammādiṭṭhi taṇhādiṭṭhi usayehi anusayo (*sic!*) tehi ubhayehi virahito.

[9] sabba, C.; sate, D. E.; *Morris l. c. gives* Sa ve.

[10] °gandha°, B. C. D. E. P.; °ṇṭh°, Pa.; °pam°, D. E. M.; °bbam°, C.

[11] paramo, D. E.; paramaṃ santiṃ, M.; A. *has*: phuṭṭhassā-ti phuṭṭhā assa karaṇatthe . . . phuṭṭhā anenā-ti attho (*the MS. has always* pu°, *and* asa *for* assa).

Esa khīṇāsavo buddho
anigho[1] chinnasaṃsayo |
sabbakammakkhayaṃ patto
vimutto upadhisaṅkhaye ||

Esa so bhagavā buddho
esa sīho anuttaro |
sadevakassa lokassa
brahmacakkaṃ[2] pavattayi ||

Iti devā[3] manussā ca
ye buddhaṃ saraṇaṃ gatā |
saṃgamma[4] taṃ[4] namassanti
mahantaṃ vītasāradaṃ ||

Danto damayataṃ[5] seṭṭho[5]
santo samayataṃ isi[6] |
mutto mocayataṃ aggo
tiṇṇo tārayataṃ varo ||

Iti hetaṃ namassanti
mahantaṃ vītasāradaṃ |
sadevakasmiṃ lokasmiṃ
natthi te[7] paṭipuggalo ti ||

Ayam-pi attho vutto bhagavatā iti me sutan-ti || 13 ||

Catukkanipātaṃ niṭṭhitaṃ.[8]

---

[1] anigo, C.
[2] brahmaṃ c°, B.
[3] deva°, B. C., *and Morris l. c.*
[4] tathāgataṃ, D. E.
[5] dammayataṃ seṭṭhaṃ, B.
[6] iti, B.
[7] va taṃ, P.; ṭhitaṃ, Pa.
[8] *Only in* M.

Tass[1]-uddānaṃ[2]:

Brāhmaṇā[3] (100) cattāri (101) jānaṃ[4] (102)
samaṇa (103) silā[5] (104) taṇhā (105) brahmā (106) |
bahūpakārā[6] (107) kuhanā[7] (108) purisā (109)
caraṃ[8] (110) sampanna (111) lokena (112) tedasā-ti[9] ||

Itivuttake dvādasâdhikasataṃ suttan-ti[10].

Itivuttakaṃ niṭṭhitaṃ[11].

---

1 *Only in* M. 2 udānaṃ, M. P. Pa.
3 °ṇa, C.; brahmaṇa, B. M. P. Pa. (*I take* brāhmaṇā *as ablative*: *After br.*)
4 jānaṃ, M.; jinā, B. P. Pa.; jinā samaṇa, C.; parijanā, D. E. 5 sila, P. Pa.
6 *By conjecture*; bahukārā, M.; bahutarā, B. C. P. Pa.; °tatarā, D. E. 7 °na, D.; °ṇa, E.; kuhakā, P.; kuha, M.
8 *By conjecture*; cara, M.; ca, B. C. P. Pa.; va, D. E.
9 terasā-ti, M.
10 dvā, *om.* D. E.; °dhikaṃ satasutt°, B. C.—*Instead of this line* M. *has the following verses*: Sattavis-ekanipātaṃ dukkaṃ bāvīsasuttasaṅgahitaṃ | samapaññāsam-atha tikaṃ terasa catukañca iti yam-idaṃ || Dvidasuttarasutta sate saṅgāyitvā samādahiṃsu purā | arahanto ciraṭhitiyā tam-āhu nāmena Itivuttan-ti ||
11 Itivuttakapāḷi niṭṭhitā, C. M.

INDICES.

I.

INDEX TO THE GĀTHĀS.

* *The same sutta occurs Aṅgutt.-Nik. Cat.* 25
** *The same gāthā Aṅgutt.-Nik. Cat.*, 88, 5

---

* Cp. *Aṅgutt.-Nik. Cat.* 57, 3 ** *Ibid.*, 38, 5

II.

INDEX OF PROPER NAMES.

* *Different from Aṅgutt.-Nik. Cat.* 1. 5
** *I do not mention all suttas where* Bhagavā, Tathāgato, Buddho *occurs.*

III.

INDEX OF SUBJECTS AND WORDS.

* *I think it more convenient to give the forms as they occur in the text.*

* *It ought to be* vaṭṭūp°.

* *Perhaps I ought to have preferred vusita°.*

www.ingramcontent.com/pod-product-compliance
Lightning Source LLC
Chambersburg PA
CBHW021116020726
47500CB00003B/779
9783337385255